Meine ~~nicht~~ jüdischen Geschichten

•

Erzählungen

•

Gedichte

Valeria Liebermann

Inhalt:

Gedichte - 102

Meine ~~nicht~~ jüdischen Geschichten

Die Identitätsfindung

(geschrieben in 2019-2020)

Ich danke Anne Sarah Matviyets für ihr kritisches Auge.

Vorwort

„Dafür würde ich meine Heimat verraten, und zwar jede beliebige!"

Dieser Spruch wurde schon längst zu meinem Starspruch. Früher habe ich mich noch im Ernst gefragt, welcher Nation ich zugehöre. Jedoch wirkte die Taglit-Reise nach Israel wie geplant und ich zähle mich nun zu den Juden.

Jetzt zähle ich mich sogar nicht nur zu den einfachen Juden, sondern sehe mich als eine so genannte Jüdin+. Dieses Pluszeichen setze ich mir für die Nicht-blinde-Übernahme alter Statuten, um zu den Anerkannten dazu zu gehören, sondern zu den, die die Geschichte und die heutige Realität nicht gleichsetzt, sondern nur reflektiert, und nur das Aktuelle als Lebensanweisung annimmt. Wenn du das bis hierhin gelesen hast und bist schon auf der Palme vor Wut, kannst hier aufhören. Ne? Geht nicht? Dann herzlich Willkommen in die Welt einer Jüdin, die in deinen Augen keine ist.

Es ist eine Beschreibung meines Lebens, wo und warum ich mich selbst als Jüdin sehe, von den meisten Juden aber nicht als solche gesehen werde. Es ist kein Kampf um die Identität. Es ist ein Weg, den ich durchgehe, um endlich mit mir im Klaren zu sein – man kann mir keine Identität verbieten.

So beschreibe ich in den Kapiteln, wie es heute für mich ist eine Jüdin zu sein, und, wie es irgendwann mal anders war – durch Geschichte meiner Familie.

Ich habe eine große Fantasie für Narrative und bitte meine Familie dies beim Lesen zu beachten.

1. Der Holocaust

In Charkiw, damals noch in der UdSSR lebte eine normale, keine, für diese Zeit, große Familie ehemaliger deutscher Juden. Das war meine Familie väterlicherseits. Wie sie in die Ukraine gelangt sind, wusste niemand mehr, aber mein Opa konnte noch gut Deutsch und Jiddisch sprechen. Es lebten in einer bequemen großem Wohnung Papa Rafael Lieberman, Mama Zlata, die man Lana nannte (Ihr Geburtsname war Zähn), ihre sechs Kinder Anna, Esther, Sara, Sonja, Gregori und mein Opa, Anatolij Liebermann. Die Mutter Rafaels wohnte zwar auch mit denen zusammen, lag aber schon fast nur im Bett und wartete auf ihren Tod.

Die Kinder sprachen Deutsch, Jiddisch und Russisch, feierten manchmal Schabbat, aber besonders religiös war diese Familie nicht mehr richtig. Eine Religiosität war mal verboten, mal nicht in der UdSSR.

In dieser Familie pflegte man die Familiengeschichte, den Familienstammbaum. Es wurden keine Absprachen mit anderen jüdischen Eltern bezüglich der späteren Vermählung der Kinder mehr getroffen. Man lebte freundschaftlich mir den Nachbarn. Jedes der Kinder bekam dann später auch eine gute Bildung… auch trotz der ungeschriebenen antijüdischen Gesetze der UdSSR.

Trotz der unausgesprochenen Judenfeindlichkeit lebte die Familie in guter Nachbarschaft im Zentrum der Stadt. Eine besondere Freundschaft hat sich mit den Nachbarn aus dem 3. Stock ergeben. Es waren Olga Mikhailowna und Aleksandr Aleksandrowitsch Mikeenko und ihre Kinder, Tanja, Nina und Sergej. Die Frauen verbrachten viel Zeit zusammen beim Pflegen Ihrer Kinder, gingen immer zusammen in den Pionierpark. Die Männer trafen sich zum Schachspielen, organisierten Schaschlik-Ausflüge auf einem Dorf bei den Verwandten. Die Nachbarn hatten dort ihre Eltern, die ein Grundstück besaßen. Es kam nie die Frage, was das Judentum ist und wo der Unterschied zu den anderen ist – für die Nachbarn aus dem 3. Stock kam so etwas nicht in den Sinn zu fragen. Es waren sowjetische Menschen und gut war es.

Während des Krieges wurde die Information viel schneller über den Buschfunk, als durchs Radio verteilt. Wer, woher, ob man der Information trauen kann, war keine Frage. In den meisten Fällen stimmte sie jedoch. Über den Holocaust wusste man natürlich bereits Bescheid und als die neue Buschfunk-Info kam, dass die Deutschen bald in Charkiw aufkreuzen, hat meine Familie angefangen, ihre nötigsten Sachen zu packen. Die Oma lag immer noch im Bett und die Familie versammelte sich am Küchentisch, um einen Plan zusammen mit den bereits 16. – jährigen Zwillingstöchtern zu erschaffen. Die Zeit lief davon. In den Krankenhäusern wollte man auch gegen viel Geld niemanden aufnehmen. Wer weiß, wann er/sie stirbt und wie lange man den Deutschen die Wahrheit verschweigen kann. Und wenn es auffliegt, dann werden alle erschossen.

Es klingelte an der Tür. Olga und Aleksandr standen da:

- Ihr seid noch nicht weg! Ihr müsst! Die Zeit ist knapp. Geht schon! Wir pflegen Bejla Dawidowna, keine Sorge! Es wird niemand merken. Und wenn die Deutschen kommen, ich sage, es ist meine Mutter, dass ich sie in die Stadt mitgenommen habe, es wird niemandem Auffallen!

Natürlich hat meine Liebermann-Zähn-Familie diesen Vorschlag angenommen – sie waren sicher, dass Rafaels Mutter ihre letzten Tage, Wochen oder Monate bei den Freunden verbringt. Außerdem ging es um das Wohl der Kinder. Alle waren zutiefst beeindruckt. Es schien auch eine super Lösung zu sein. Niemand glaubte, dass die Nationalsozialisten für eine lange Zeit die Stadt übernehmen könnt.

So haben Rafael und Alexander die alte Frau und das Sofa in die andere Wohnung gebracht. Und die Liebermanns versteckten sich. Wie sie die Eigenevakuation und wohin organisierten, das weiß ich nicht, das fehlt in unserem Familiennarrativ. Ob nach Russland, ob sonst wohin, ich habe keine Ahnung, aber als sie nach Charkiw kurz nach dem Krieg zurückkamen, erwartete sie eine schlimme Überraschung.

Sie kamen in ihrem zentralen Stadtteil an und sahen auch die erwarteten Kriegsfolgen. Ihr Haus stand jedoch an seinem Platz und die Wände waren nur ein Wenig durch die Schüsse bemalt. Lana und Rafael ließen die Kinder draußen und gingen in den dritten Stock. Sie klopften. Als sie dann die sich annähernden Schritte hörten, lächelten sie sich an. Die Tür ging auf.

Die Frau, die aufmachte, schaute sie mit einem müden Blick an:

- Was wollt ihr?

- Bist du Tanja… nein… Nina? Obwohl… wer sind Sie?

Die Frau schmiss die Tür zu. Lana drehte sich und klopfte an die andere Tür.

- Gleich!, - sie hörten Ljudmila, die andere alte Nachbarin.

2. Isaaks Heirat und die Taufe

In der Nähe von Gomel, in Weißrussland, lebte eine jüdische Familie mit dem Nachnamen Hasin/Hasina. Das ist meine Familie mütterlicherseits. Es war eine Familie mit fünf Kindern. Sie pflegten die jüdische Kultur, soweit es die Umstände erlaubten.

Trotz des offiziellen Atheismus, lebte und blühte die jüdische Gomel-Kultur, wie sie konnte. Es wurden nicht selten schon bald nach der Geburt eines Kindes unter Freunden ausgemacht, wer wen heiratet. Es war damals noch oft so und sollte so bleiben. Trotzdem gingen die Kinder in eine sowjetische Gesamtschule, die nach dem 2. Weltkrieg wiederaufgebaut wurde.

Es gab keine Probleme für die jüdischen Mädchen im Sportunterricht. Es war unumgänglich und an solche Gegebenheiten mussten Gomels Juden sich anpassen. Natürlich war es zum größten Teil getrennt – die Jungs und Mädchen hatten verschiedene Sportarten erlernt, aber nicht alle. Auch die schulischen Volleyballmannschaften gab es zwei – die Jungs-Mannschaft, und die Mädels-Mannschaft.

Die Mädels-Mannschaft war so gut, dass sie schon bald gegen die minsker Schulen gespielt hat. Eine der besten Spielerin in der späteren Gomel-Frauenmannschaft war Ljubov Kotenkova. Sie hatte eine an sich ruhigere Persönlichkeit, aber mit einem stolzen und bedeutungsvollen Schweigen vermied sie, glaube ich, alle Konflikte der Welt bzw. gewann jede Diskussion.

Jeden Tag trainierte sie mit den Mädels sofort nach der Schule. Die Jungs durften dann erst nach dem Ende des Trainings der schon berühmten Mannschaft selbst spielen. Doch Isaak kam immer eine Stunde früher. Er wusste auch genau – die Heirat mit der Kindheitsfreundin soll bald anstehen.

Er wusste auch ganz genau – Ljuba Kotenkova ist keine Jüdin. Trotzdem hat er sich in dieses starke und ruhige Mädchen verliebt.

Anstatt des eigenen Trainings trug er ihre Sachen zu ihr nach Hause, erzählte Geschichten über das jüdische Leben und über den Sportunterricht bei den Jungs. Eines Tages sah er vor dem Haus von Ljuba ihre Eltern. Er legte die Sporttasche ab und bat ihren Vater um ihre Hand. Der Vater fragte die Tochter kurz, was sie dazu denkt. Ljubov nickte und somit wurde es entschieden. Sie heirateten sofort nach dem Schulabschluss.

Isaak verkündete noch an diesem Abend bei dem Abendessen, dass er Rahel nicht heiraten wird, da er sich es anders entschieden hatte. Er wird eine Weißrussin heiraten.

Keine Argumente der Eltern kamen an. Sie beruhigten sich aber recht schnell und es wurde eine gewöhnliche staatlich-sowjetische Hochzeit.

Wie es ebenfalls gewöhnlich war, wurde schon nach 1,5 Jahren meine Mutter Inna Hasina geboren. Sehr oft fuhren meine Großeltern zu den Verwandten in ein in der Nähe vom Gomel liegenden Dörfer, vor allem im Sommer. Dort gab es immer genug Platz, im Sommer gab es immer genug Essen für alle – es kam immer die ganze breite Familie.

Meine Urgroßmutter wollte etwas länger mit der kleinen Inna spielen, sie sagte, sie bringt sie später zu den Eltern und sie sollen sich keine Sorgen machen.

Ljubov ist nachts mit einem komischen Gefühl aufgewacht. Das Kind lag nicht neben ihr und die Uhr zeigte schon fast um eins in der Nacht. Sie ging aus dem Zimmer heraus, dann aus dem Haus. Der Mond war richtig hell und sie sah, wie sich die Eingangstür auf das

Grundstück sich öffnete und meine Großmutter herein ging. Sie trug Inna auf den Armen. Sie schlief.

- Was soll das?, - fragte Ljubov geschockt.
- Meine Liebe, ich musste es machen, - sagte meine Uroma.
- Was hast du gemacht?
- Ich brachte Inna zum Batjuschka und lies sie taufen. Jetzt ist sie eine Christin, sie wird keine Jüdin! Hier, guck, das Kreuz ist aus echtem Silber!

3. Isaak = Alexander

Die junge Familie Hasins: Ljiubov, Isaak und Inna zogen schon sehr bald in die Ukraine nach Charkiv. Isaak bekam eine Empfehlung und leitete schon bald eine große Stadtteilbibliothek an dem neuen Institut für Physik. Zuerst wohnten sie im Stadtteil Saltovka, zogen auch sehr bald in die Nähe des Instituts, in das neu erbaute Viertel für die Institutsmitarbeiter – Pjatihatki.

Dort war es nicht wie in Gomel. Zunächst kannte die Familie gar niemanden, uns schon gar keine Juden. Um keine Stereotype zu erwecken, stellte mein Opa Isaak sich immer wie Sascha vor – die russische Abkürzung vom Namen Alexander. Und mit vollem Namen wurde er auch oft deswegen als Bibliothekleiter Aleksandr Sinowjewitsch Hasin genannt. Der zweite Name ist der übliche in der UdSSR der so genannte Vatersname für höffliche Anreden.

Natürlich spielten Stereotype dann keine große Rolle. Natürlich kannte jeder meinen Opa in Pjatikhatki und grüßte ihm respektvoll auf der Straße, aber man mochte die Juden nicht, das heißt – nur im Allgemeinen mochte man die Juden nicht. Es war nicht ausgesprochen, aber es gab eine große Abwendung den Juden gegenüber. Meine nächste Geschichte zeigt dieses genau auf.

4. Er war Niemand

Mein Vater wuchs in einer kommunistischen atheistischen Familie auf. In dieser Familie gab es keinen Platz mehr für jüdische Traditionen - eine gewöhnliche sowjetische Familie, in der der mein Vater, wie die Masse anderer sowjetischen Jungs, zu Ehren von Juri Gagarin genannt wurde.

Im Innenhof des Hauses, in dem hauptsächlich jüdische Familien lebten, wurde Papa von Kindern nie als Gleicher erkannt. Papa ist kein halachischer Jude, nach der Mutter also nicht, sondern vom Vater. Sie erklärten ihm das nicht nur einmal. Sie sagten, er sei Russe und er soll mit seinen eigenen Leuten spielen.
In der Schule wurde Papa für den Nachnamen Liebermann als Jude beschimpft und gehänselt. Er wurde nicht in die einfachen Kreise der anderen Sowjetkinder und -Jugendlichen aufgenommen, weil er dort plötzlich Jude war.
So geriet er in schlechte Kreise, in der Drogen probiert wurden, es wurde aktiv geraucht und getrunken. Aber mein Vater hatte seine ersten Freunde. Das Minus von all dem ist bis jetzt sichtbar - der Alkoholismus meines Vaters ist fast so lang wie mein Leben.

5. Liebermann bzw. Sivtsov

In der Liebermann-Familie, also väterlicherseits stand schon in den 1970-ern die Frage nach der Bildung meiner Tante Olga – an welche Universität sie gehen soll.

Es gab schon damals die mündliche Regel… nein, ein mündliches nicht unterschriebenes Gesetz, dass möglichst keine Juden eine universitäre Bildung erhalten sollen, schon gar nicht an den prestigevollen Institutionen. Man wusste es natürlich auch, weil immer wieder und überall Judenwitze erzählt wurden. So blieb die Wahrnehmung der Sowjetbürger immer auf dem Stereotyp-Niveau – die Juden seien geizig, habgierig und wollten jemanden immer um Geld veräppeln, um daraus Eigennutzen zu holen. Man glaubte, die Juden haben immer ohne Schlangen vor den Geschäften alles ausgeteilt bekommen. So generierte sich das mittelalterliche Denken auch noch im 20. Jahrhundert.

Als meine Tante ihre Abschluss-Schulklasse besuchte, hat sich die Familie Liebermann - meine Oma – Ljudmila, mein Opa Anatolij, mein Vater Jurij und meine Tante Olga, zusammengesetzt und überlegt, wie es mit der Bildung weiter geht. Meine Tante bestand sehr darauf, an einer prestigevollen Universität Journalistik zu studieren. Sie bestand darauf trotz doch gegebener guter Alternativen. Ihr Wunsch war auch gut verständlich. Mit dem Namen Liebermann war dies aber keine Option.

Eine Option war doch etwas anderes. Um den Traum nach einer guten Bildung zu verwirklichen – ließ sich mein Opa von meiner Oma offiziell scheiden und unterschrieb, dass mein Vater und meine Tante nicht seine Kinder seien. Er ließ meine Oma (somit als Verräterin) ihren früheren russischen Nachnamen (Sivtsov/a) zurückbekommen, und somit auch ihren Kindern zu geben.

Natürlich lebten sie weiter zusammen, nur konnte keiner mehr ahnen, ohne in die Dokumente speziell nachzuschauen, dass Olga Anatoljewna Sivtsova und Jurij Anatoljewitsch Sivtsov keine gebürtigen Russen sind, sondern „Juden". Sie erhielten beide die gewünschte Bildung.

Aus den sowjetischen Geburtsurkunden wurde jedoch die Nationalität „Jude" nie gestrichen.

6. Juden doch an hohen Posten? Ist es paradoxal?

„Mama, - fragte ich, du sagt doch, es war schwer, mit jüdischem Namen einen guten Posten bekommen? Aber dein Vater Isaak war der Leiter einer großen und bedeutenden Stadtteilbibliothek... Wie denn das?“

Das ganze Siedlungsgebiet namens Pjatihatki kannte meinen Opa Isaak Sinowjewitsch Hasin. Jeder grüßte ihn auf der Straße mit großer Achtung. Nicht jeder wusste, natürlich, dass er ein Jude war. Also sprach man, wie schon beschrieben, meinen Großvater als Sascha an. Es war auch egal, ob man ihn gedutzt oder gesiezt hatte.

Als meine Mutter den Schulabschluss machte, wollte sie an der charkower Universität der Aviation anfangen zu studieren. Das teilte sie ihren Eltern bei einem Mittageessen am Sonntag mit. Sie hatte immer sehr gute Zensuren in der Schule und war immer sehr interessiert Neues zu erlernen. So erhoffte sie sich eine schnelle Aufnahme. Jedoch haben sich ihre Eltern überhaupt nicht über diese Entscheidung gefreut. Erneut nach vielen Jahren hat sie das Wort „Jude“ in der Familie gehört.

Das erste Mal war es auf dem Kinderspielplatz. Es wurde ein Kind mit „Jude“ und “fette Judensau“ gemobbt und meine Mutter, damals

7 Jahre alt, nahm daran teil, wie alle, unwissend, was das bedeutet. Zum Glück wollte sie mein Opa gerade zum Essen abholen und hörte das alles.

Anstatt vom Essen gab es eine stundenlange Aufklärung und eine angemessene Bestrafung. Seitdem vergingen viele Jahre.

Und nun kam meine Mutter dran mit der Ausgrenzung nach dem „Geburtsrecht".

Isaak Sinowjewitsch fing fast schon zu betteln an, sich nicht ab der Universität zu versuchen, sondern sich eine andere zu suchen. In der Sowjetunion war es nur an einer Universität pro Jahr erlaubt, sich zu bewerben. Die Aufnahme der „Juden" war aber auch an dieser stark eingesperrt. Das inoffizielle Statement wusste wohl jeder potentielle Betroffene.

Meine Mutter hat das dies nicht verstanden. Wie kann das denn sein, dass sie nicht aufgenommen sein könnte? Ihren Schulabschluss meisterte sie mit einem „sehr gut", und außerdem gäbe es Aufnahmeprüfungen! Ihr Hauptgegenargument war, dass ihr Vater trotz allen Gerüchten um den Antisemitismus einen hohen und verantwortungsvollen Posten mit gutem Lohn erreicht hat.

Mein Opa sagte nur: Wenn man Chaos und Unkraut sortieren musste und keiner das machen will, da waren auch die Juden gut genug dazu.

Das damals neu gebaute Gebiet Pjatihatki, weit vom Zentrum von Charkiw war ein so genanntes Physikergebiet. Später zogen auch andere Menschen dorthin, aber die meisten hatten es irgendwie mit dem Physikinstitut zu tun. So zog dahin eine ganze Bibliothek, für Physik und für alles andere – Romane, Zeitschriften und andere Publizistik. Die Bücher waren da, aber keine Anleitung, kein System und es gab wohl keinen nichtjüdischen Sowjetbürger, der dieser Aufgabe sich gewachsen fühlte, auch für keinen sehr guten Lohn. Isaak Sinowjewitsch wurde angesprochen und hatte sich der Aufgabe gestellt. Schon sehr bald konnte die Bibliothek eröffnet werden: systematisiert, katalogisiert und geleitet von meinem Opa und seinen MitarbeiterInnen. Damals war das Lesen der Romane für die Allgemeinbildung enorm wichtig. Die Bibliothek besuchten sowohl die Jungen, als auch die Alten. So konnte mein Opa in Pjatihatki keine zehn Schritte machen, ohne begrüßt zu werden.

Ich kannte ihn meine ersten 6 Lebensjahre. Es war ein sehr intelligenter Mensch und er liebte mich sehr. Ich nehme mir vor, wenn ich nach Charkiw fahre, in Pjatihatki viele älteren Menschen zu befragen, ob sie meinen Opa immer auch noch kennen.

7. Ein Mittagessen unter guten Menschen

Die Sowjetunion war nach meiner Meinung immer ein Bündnis der gastfreundlichen Völker gewesen. Es gab nie etwas in den dazu gehörigen Geschäften. Eine Wurst oder ein Käsestück konnte man nicht kaufen. Für den Einkaufsprozess gab es ein anderes Verb – достать. Достать (dostatj) hieß damals übersetzt für heute so viel, wie „ergattern", „durch viele Schwierigkeiten oder durch Beziehungen „nach oben" durch etwas Gnaden zu bekommen". Auf jeden Fall verstehe ich, die als ein Kind noch Anfang der 90-er Jahre in diesem Format kennt noch aber nicht, wie man ohne ständigen Zugang an Lebensmitteln überleben konnte. Aber alle älteren konnten es.

Frühling, Sommer und Anfang Herbst hieß es – Garten- und Ogorodzeit. Heute verstehen viele ehemaligen DDR-Bürger unter der berühmten „Datsche" nicht das gleiche, wie die sowjetische „Datscha". Die Datsche ist ein kleines Häuschen aus der DDR mit kleinem Garten zum Grillen und bei Wunsch noch etwas Obst und Gemüse anbauen. Im Gemüsegarten, genauer gesagt nur ein Stück Erde ohne jeglicher Gebäude – „Ogorod", wurde unter dem Strahlen der ungnädigen Sonne Tage und Monate damit verbracht, damit auch irgendetwas wächst. Der Vorteil eines Datscha-Häuschens lag vor allem darin, dass man dort übernachten konnte und morgens, bevor es zu heiß wurde, schon anfangen zu arbeiten konnte. Manche Menschen haben auch einen Zugang zu einem Fluss oder zu einem See gehabt, so konnte man sich auch nach der Arbeit ablenken.

Es war für jede Familie nötig, so viel anzubauen, damit man für den Winter, als es überhaupt kein Gemüse zu bekommen sein wird, genügend Konserven hat. Diese konnte man auch gegen Toilettenpapier oder Damenbinden tauschen, wenn man gut dran war.

Man hat sich extra „Pogrebs“ angelegt. Das waren Häuschen unter der Erde irgendwo in der Nähe vom Wohnblock, da in den Kellern der Häuser oft geklaut wurde.

Es war also immer ein Challenge – einem eingeladenen oder spontanen Gast das Beste anzubieten, was man hatte oder nicht hatte. Jedes Kind wusste, wo es die Bar gab – in jedem Haus sah die Wohnwand gleich aus. Oft mit einem Schlüssel zugemacht. Hinter einer bestimmten Wand war ein Paradies – eine Packung von Karamelbonbons, eine angefangene Wodkaflasche, irgendein Wein und natürlich das Krimsekt, sorgfältig vom vorherigen Neujahr für den nächsten aufbewahrt. Ach ja, und natürlich, die noch 5 Pralinen enthaltene schöne Verpackung. In jedem Haushalt waren die Kinder schon schlau genug, um den Schlüssel zu finden und die Pralinen nach und nach, ohne die Packung zu beschädigen, aufzuessen und zu hoffen, dass diese Straftat irgendwann, aber erst nach in ein paar Jahren, wegen guter Laune der Eltern dann doch nicht bestraft wird.

Also ergatterte man vor Geburtstagen, Silvester, Achten März usw. alles seit einem halben Jahr voraus. Eine gute Wurst sahen die Kinder erst dann auf dem Tisch, wenn Gäste kamen. Früher durfte man das Ergatterte nur im Kühlschrank betrachten.

So war es auch in meiner Familie Hasin – die Eltern und die Schwester meiner Mutter. Der Vater Isaak, der schon das nächste Jahzehnt als Alexander auf der Arbeit bezeichnet wurde, leitete die Bibliothek.

Ich war einmal im Krankenhaus mit einem Mädchen, das mit mir gestritten hat – ich sagte, mein Opa heißt Sascha. Sie meinte, dass meine Mutter dann Inna Aleksandrovna sein soll, und ich sagte – Inna Isaakovna. Naja, als meine Mutter mich besuchen kam – hat sie das Geheimnis gelüftet.

Aber gehen wir mal zurück zu den jungen Achtzigern. Ein Tisch voller unglaublicher Dinge – geschnittene Salami, ein guter Wein, Krabbensalat (wie immer aus Surimistäbchen als Krabbenvertreter, aber trotzdem doch höchstpersönlich), Salat Oliwje (mit Wurst und weiteren 6-7 Ingridienten!) und natürlich ein sehr guter Wodka.

Die Kinder spielten in einem anderen Zimmer, so begannen auch Gespräche unter vertrauten Familienfreunden und Bekannten. Igor Iwanowitsch, ein hoch geachteter sowjetischer Wissenschaftler, Biologe, hat so gegessen, wie kein Gast in unserer Familie zuvor. Er trank auch sehr gerne den Wodka dazu, wurde aber nicht betrunken. Seine Frau saß ruhig neben ihm und man sah ihr an, dass sie ihren Gatten zu schätzen wusste. Dann kam sein Gabelende laut hoch. Die Wurst oben darauf wedelte kurz wie eine Fahne:

- Aber muss dir sagen Sascha, ich habe nie einen so guten Partner fürs Laboratorium gehabt. Oleg, Dawidowitsch, du kennst ihn ja auch. Er ist kompetent, immer gut vorbereitet, ich bin echt froh, dass er mir zugeteilt worden ist. Wir waren auch bei ihm auf seiner Datscha. Da wächst alles, er verbringt sehr viel Zeit damit. Außerdem ist er immer hilfsbereit. Wir haben echt zueinander gefunden. Ich kann nur stolz sein, dass ich einen solchen Freund habe. Er ist ein sehr guter Mensch, auch wenn er ein Jude ist. Ich schlage vor, wir trinken einen auf ihn, oder, Sascha?, - und stand auf.

Mein Opa Isaak stand auch mit einem Wodkaglas auf, sagte zweidrei schöne Worte über Oleg Dawidowitsch, die Frauen standen auch mit den Weingläsern auf und tranken auf diesen wunderbaren Menschen.

Um neun abends standen die Gäste, sowie die Gastgeber im Flur, sagten sich gegen zum Abschluss nette Worte. Als die Gäste schon zwei Etagen tiefer waren, konnten meine Großeltern nicht aufhören zu lachen. Dieses „er ist ein guter Mensch, auch wenn er ein Jude ist" ist bis heute unser Familien-Insider.

8. Wie ich erfahren habe, dass ich eine Jüdin bin

In meiner Familie, in welcher meine beiden Großväter Juden waren, habe ich nicht wirklich von irgendwelchen Nationalitäten gehört, außer der, die in meinem bunten Kinderatlas waren. Ich kannte mit sechs schon wer Indianer sind, wo die Franzosen leben, aber habe mich nie gefragt, in welche Kategorie ich falle.

Das Wort „Jude“ habe ich zu allererst, wie viele anderen betroffenen Kinder wie z.B. Hannah Arendt, auf dem Spielplatz vor meinem Wohnblock gehört. Wir sind vor Kurzem dahin gezogen, aber ich spielte schon mit den Nachbarnkindern unser Lieblingsspiel – die Verstecke. Wir durften auf einem ehemaligen Kita-Gelände, welches sich genau gegenüber von unserem Haus befand, nachmittags und abends spielen. Es standen dort Häuschen, Pavillons, Raketen und man konnte sich sehr kreativ und gut verstecken.

Nach dem sechsten Spieldurchgang haben wir gesehen, dass Andrej, unser direkter Nachbar, zu uns geht und sogar etwas mithat. Wir erkannten die Plastiktüte ganz voll mit Sonnenblumenkernen. Es wurde Zeit zum Sitzen und Quatschen.

- Na, wer möchte als erster?, - lächelte Andrej, - Lena, du? Aha, jetzt du, Artem. Lera?, - er schaute mir in die Augen, -

dir gebe ich nichts! Du bist Jüdin! Dumme stinkende Jüdin! Du kriegst nichts! Jüdin! Jüdin!!!! Verpiss dich von hier!

Das Wort hörte ich zum ersten Mal, ich nahm an, es ist ein Schimpfwort, aber ich habe es nicht verstanden, warum er auf einmal mich beschimpft und wegschickt.

Keine meiner Freundinnen sagte etwas dazu und er hörte nicht auf, mich immer kräftiger mit dem Schimpfwort zu beleidigen und wegzuschicken. Ich konnte es nicht mehr hören und fing an zu weinen. Trotzdem wurde ich weiter beschimpft. Dann bin ich weggegangen.

Ich versteckte mich in unserem Kinderzimmer und konnte es nicht schaffen, leiser zu weinen.

Als meine Mutter kam und fragte, habe ich ihr von dem neuen Schimpfwort erzählt. Sie erklärte, es sei kein Schimpfwort, nur Menschen denken es so. Und Andrej weiß selbst überhaupt nicht, was es ist. Er soll es wahrscheinlich irgendwo gehört haben.

An diesem Abend erfuhr ich, dass meine beiden Opas, die sehr intelligente und erfolgreiche Menschen waren sehr gebildet, trotz aller Schwierigkeiten, und, was mich überzeugt und getröstet hat - es waren sehr gute Menschen. Ich konnte mich natürlich an die vor Kurzem verstorbenen Großväter noch ganz genau erinnern. Der Begriff „Jude“ wurde nun zu einem sehr angenehmen für mich.

Mein Opa Sascha holte mich oft vom Kindergarten ab. Er las mir gerne vor und, obwohl ich ihn nicht lange kennen konnte, weiß ich, wie er immer mit offener Seele mit den Menschen umgegangen ist. Ich war bei Weitem kein liebes Kind und mochte es sehr, mich durch Geschreie und Wegrennen durchzusetzen. Mein Opa Sascha wusste aber immer, wie er mich so beruhigt, dass ich dabei noch zufrieden und glücklich bin.

Mein Opa Tolja (Anatolij) liebte es immer, mich, meine Schwester und unsere Cousine zu verwöhnen. Wir gingen in den Zirkus, ins Kinderkino, in den Zoo, zum See. Er brachte uns Schwimmen bei, er spielte mit uns tagelang dieselben Spiele und kaufte uns Video- und Tonkassetten. Wir haben unsere Stimmen auf dem magischen Grundig-Gerät immer aufgenommen. Wie viele teure Kassetten haben wir mit unseren Talk-Shows und anderen „Sendungen“ verschwendet – keine Ahnung.

Also kam ich auch bei dem Punkt an, an dem mein Vater und meine Mutter schon waren – für die Nachbarschaft waren wir Juden, für die

Charkower Juden – Russen. In eine jüdische Schule wurden weder ich, noch meine Schwester aufgenommen, mit der Formulierung – wir gehören nicht zum jüdischen Volk.

Aber wieder andererseits – meine Oma Ljudmila bekommt bis heute von einer der jüdischen Gemeinden jedes Jahr einen ganzen Kasten Matzen geliefert. Und sie ist nur ausschließlich eine Russin.

9. Russlanddeutsche, Juden und die Theorie über das bessere Volk

Im Jahre 2004 siedelten wir nach Deutschland um. Als Mensch, der auf dem post-sowjetischen Gebiet lebte und jüdischer Abstammung war, konnte schon seit den Achtzigern sich in die bessere Zukunft in Kanada, in den USA, in Israel, in Frankreich, in Deutschland, und… ich habe etwas bestimmt vergessen, begeben.

Anfang 1990-er galt für unsere Familie – wir ziehen nach Israel. Dann ist irgendetwas mit der Bürokratie schief gegangen. So stellten meine Eltern den Antrag an die Bundesrepublik, welches zum Jahre 2003 genehmigt wurde.

Ich war damals noch nie im Ausland und freute mich sehr auf ein komplett neues Leben. Ich hatte viele Freunde, meine ältere Schwester hingegen – wenige. Jedoch genau sie wollte nicht wegziegen.

Nach ungefähr einem Monat wurden wir in das heutige Burgenlandkreis vermittelt, wo ich trotz des Unwillens gleich nach Hohenmölsen auf das Agricolagymnasium geschickt wurde. Es gab für mich Gott sei Dank keine Vorbereitungsklasse. Dafür gab es in meiner neuen Klasse zwei Russlanddeutsche – Jana und Konstantin. Zum Begriff besser Wiki ;-) .

In der ersten Hofpause ging ich aus dem Klassenzimmer den Mitschülern hinterher, aber Jana hielt mich auf und mich unerwartet zu… der russisch sprechenden Schülergruppe. Ich habe es nicht wirklich verstanden, warum.

Meine erste und lange Beziehung war mit einem Jungen, der mit 6 Jahren mit der Familie nach Deutschland umgezogen sind. Als „Russlanddeutsche“ aus Kasachstan. Es war eine eher lustige Beziehung – ich verstand damals schon Deutsch, konnte aber nicht sprechen und Alex wurde es schon lange verboten, zuhause Russisch zu sprechen (damit es den Eltern irgendwie leichter fällt, selber Deutsch zu erlernen) aber er hat Russisch sehr gut verstanden. So machte ich mich damals lustig über seine Versuche, mir etwas auf Russisch zu sagen und er machte sich über meine Ansätze vom Deutsch lustig. Wir waren in etwa 1 Jahr und 3 Monate zusammen: ich sprach mit ihm immer Russisch, und er mit mir – Deutsch. So ging es trotzdem bei mir schnell mit der deutschen Sprache voran.

Einmal sagte Alex zu mir, er hat einen begabten Onkel, er hätte sogar Bücher geschrieben über das Leben Russlanddeutscher. Eins der staubigen Bücher gab er mir sogar mit. Mir hat es nicht gefallen. Aber vielleicht war ich voreingenommen – denn einmal teilte mir einmal Alex Folgendes mit:

- Lera, würde mein Onkel wissen, dass meine Freundin eine Jüdin ist – würde ich von ihm keine Geschenke und kein Geld zu Feiertagen zugeschickt bekommen.

Alex erzähle mir gerne nach, worüber es gerade in seiner Familie gelästert wird. Einen Schlussstrich mit den regelmäßigen Besuchen zum Familienabendessen zeichnete ich dann, als Alex mir fröhlich mitteilte, dass in seiner Familie ernsthaft besprochen wird, ob er denn sich vorstellen kann, dass ich genauso fett werde, wie meine Mutter. Das genaue Wort „žirnaja" hat mir mein Süßer sogar auf Russisch zitiert.

Damals und ein Jahrzehnt später habe ich es nicht verstanden, warum Russlanddeutsche meiner Umgebung nur ständig rumlästern und warum es die jüdische Migrationswelle aussetzt. Wir waren beide in gleicher Umgebung, hatten gleiche Lebensbedingungen.

Somit begann bei mir wie bei vielen anderen jüdischen Migranten eine scheinbar logische Denkrichtung – wir, also die Juden, sind besondere, begabtere Menschen, die nach Bildung streben, also die Intelligenten. Dem gegenüber – die Russlanddeutschen: ungebildet, böse und richtig Scheiße zu einander selbst. Und auch die restliche

Bevölkerung der kleinen Städte, in denen wir lebten, konnte mit uns Juden nicht mithalten.

Die Geschichte der Russlanddeutschen und somit die Hintergründe, warum sie aus richtig armen russischen und kasachischen Dörfern kommen, wurde gerne verdrängt. Dass Stalin eine vermeintliche Kollaboration der „russlanddeutschen" Bürgern mit den Hitlersoldaten vermeiden wollte und die unschuldigen Menschen in die Züge gesetzt hat und erst in tiefen sibirischen und kasachischen Dörfer aussteigen lies, wusste ich damals nicht. Und dort gibt es auch bis heute keinen vollwertigen Strom und keine Kanalisation.

Aber wir hatten unsere Theorie geschmiedet. Das hat uns oft geholfen, die Dorflästereien der benachbarten „russlanddeutschen" Mitmenschen über uns besser zu verarbeiten. Es war oft sehr erniedrigend und brutal. Damit lernte ich also sehr gut umzugehen, indem ich mir eine ordentliche Schicht an nationalbewussten Egoismus und Narzissmus angeschafft hatte.

10. „Das Tagebuch der Anne Frank" als Schullektüre

In meiner siebten Klasse im Deutschunterricht wurde zum ersten Mal das Thema des Holocaust aufgegriffen. Wie lasen zusammen „Das Tagebuch der Anne Frank", Zeile für Zeile nacheinander.

Ich lebte zu dem Zeitpunkt ein halbes Jahr in Deutschland und verstand schon Einiges. Damals hatte ich noch nicht das starke Bewusstsein Jüdin zu sein wie heute, aber ich lernte auch schon als kleines Kind – es geht mich etwas an.

Frau Noschka erklärte kurz davor, wie das Buch aufgebaut ist, wer Anne war und was mit Anne passierte. So kamen mir nach schon nach wenigen Zeilen die Tränen aus den Augen. Ich habe es richtig nachgefühlt, ich fühlte jedes Wort, als ob es meins wäre, als ob ich es an meine imaginäre Freundin geschrieben hätte, weil...

Von hinten hörte ich ein leises Lachen. Mein „russlanddeutscher" Klassenkamerad Konstantin feierte mein Zittern und die regelmäßige Vermehrung der Taschentücher am Rande meines Tisches. Konstantin war damals 14 Jahre alt, ich – 13. Ich kann ihm seine Dummheit diesbezüglich immer noch nicht verzeihen. Er hat sich damals nicht entschuldigt, und ich denke – er versteht die Notwendigkeit dessen auch heute nicht.

Er erklärte, wie er konnte, seinem Nachbarn Christian: „Die ist Jüdin! Guck mal, sie ist eine Jüdin“, und dann zu mir auf Russisch: „Dumme dreckige Jüdin! Jü-din, Jüdin, Jüdin!“

Durch diesen doppelten Druck hörten meine Tränen nicht auf. Dadurch, dass ich es versucht habe, leise zu weinen, wurde es noch schlimmer und ich bekam rote Augen durch die Taschentücher, die mir schon von meiner Nachbarin gegeben wurden.

Erst nach dem Unterricht kam Frau Noschka zu mir und fragte, was los war. Sie sprach sehr gut Russisch und als ich ihr alles erklärte, konnte sie es nicht glauben. Zur nächsten Stunde klärte sie diese Situation auf. Ob Konstantin etwas daraus mitgenommen hat – das bezweifle ich sehr. Obwohl er damals deutlich länger in Deutschland wohnte als ich, war sein Deutsch auf einem leichten Anfängerniveau. Selber hat er und seine Familie sich mit Deutschland nicht identifizieren können und sie zogen nach einem Jahr zurück in ihr tiefes russisches Dorf bei Barnaul.

11. Krim, Julia, Judentum

Ich besuchte meine Familie und Freunde oft in der Ukraine – das gesparte Taschengeld gab ich für diese Reisen aus – einmal im Jahr, oder sogar manchmal zwei. Es war das Jahr 2008 oder 2009 und ich habe mich entschieden, meine Verwandten auf der Krim zu besuchen. Durch die frisch gestarteten sozialen Netzwerke lernten wir uns neu kennen. Ich, als die Jüngste in der Familie, durfte sie sogar ganz neu kennenlernen. In Sevastopol lebten Julia und Daniel, meine Cousins und ihre Mutter Elena Vsevolodovna, die an der Filiale der Moskauer Staatsuniversität in Sevastopol immer noch russische Philologie unterrichtet.

Daniel ist ein Musiker und Julia war schon immer eine soziale und politische Aktivistin. Ich finde, sie sollte als zweiten Namen – Energie – bekommen. Es war ihr zwar unmöglich, wie es meine Tante wollte, das Studium zu beenden, sie war überall und nirgendwo, organisierte Feste, Demos und Festivale. Heute ist sie auf einer hohen Position in der krimer Abteilung der Partei von Vladimir Putin.

Obwohl ich über das Internet mehr mit Daniel geschrieben habe, traf mich am Bahnhof die Julia. Und die Woche widmete sie mir. Daniel sah ich ein paar Mal nur ganz kurz. Julias Freunde waren auch richtig cool – sie nahm mich noch am gleichen Abend mit zu einer Geburtstagsparty und am nächsten Tag – zu einer Gitarrenparty am Meer. Es war genau mein Geschmack, ich fühlte mich zu Julia sehr hingezogen. Im Rückblick von heute weiß ich – dieser Drang nach Neuem und nach dem Schaffen habe ich von meiner russischen Seite – von der Seite von den Sivtsovs!

Umso weniger habe ich erwartet, als eines morgens ich mit einer israelischen Flagge aufgeweckt worden bin. Natürlich wusste Julia, dass mein Opa ein Jude war, aber... was hatte es mit ihr zu tun?

- Heute wirst du erfahren, wie du kostenlos nach Israel kommst!, - meine Cousine war eingewickelt in eine große israelische Flagge
- Aber ich dachte, wir gehen heute zum Herso.. Herso...
- NESS! Ja, aber mit zwei Freundinnen, die dir nicht nur eine Exkursion leiten, sondern auch erzählen, wie du... wie gesagt, der Tee wird kalt und heute wird es schweineheiß!

Beim Frühstück erzählte mir Julia, das ihr vor einigen Jahren verstorbener Vater jüdische Vorfahren hatte und, dass sie sich seinem Tod für die jüdische Kultur sehr interessiert. Erst dann bemerkte ich in der Küche nicht nur die für meine Tante heiligen Symbole – russische

Flaggen und Portraits von Vladimir Putin, sondern auch eine kleine Menorah auf dem Tisch.

Ich habe mich bis zu dieser Zeit so gar nicht mit der jüdischen Kultur beschäftigt, aber Julias Enthusiasmus hat mich bereits beim Aufwachen schon angesteckt.

Wir trafen uns mit einem netten Paar und gingen los um mir die antiken Sehenswürdigkeiten am sevastopoler Schwarzem Meer zu zeigen und erklären. Es war so richtig unglaublich schön und ich konnte mich nur auf das Sehen konzentrieren – im Ausland war ich bis jetzt nur pendelnd Deutschland-Ukraine. Ich habe solche antike Schönheit noch nie im Leben gesehen.

Ich weiß es nicht mehr genau, wie das Pärchen hieß, aber ehrlich gesagt habe ich von der Exkursion des Jungen nicht wirklich etwas mitbekommen... bis es um Israel ging.

Madrich, das war der Posten, den der junge Mann eingenommen hat. Er erzählte, dass man, wenn man etwas mehr „jüdisches Blut“ nachweisen könnte, als es bei meiner Cousine ist die Möglichkeit hat, kostenlos an einer Reise nach Israel teilnehmen. Ich soll es auf jeden Fall wahrnehmen, und zwar wenn ich frühstens 18 bin und spätestens 27 Jahre alt bin.

Ich war damals17. So haben wir davon gesprochen, aber ich vergaß es, denn nächsten Morgen ging es weiter nach Jalta – den Rest meiner krimer Familie kennenzulernen.

Nach 1,5 Jahren nahm ich an der Taglit-Reise teil. Seitdem kann man mir die Zugehörigkeit zur jüdischen Kultur, Geschichte und Gesellschaft nicht mehr absprechen.

12. Ein Schabbaton in der Nachbarstadt

Anastasia kannte meine zu große Offenheit und meinte bei der Ankunft in Leipzig, ich soll es niemandem sagen, dass ich keine „Reinblütige“ bin.

„Ich bin es ja auch nicht, aber ich schweige.“, meinte sie. Dieses Schabbaton im Jahre 2010 war super konzipiert, es war interessant und lehrreich. Es kam ein berühmter Rabbiner aus London und hielt die sachlichen Teile dieses Wochenendes. Als Rede vor dem Essen fragte er alle Gäste, was denn einen Juden zum Juden macht. Viele fingen an über Familie, Abstammung zu sprechen, ich lachte und tippte auf die Stereotype der Judenwitze. Und dann sagte er das, was ich mir für immer als Definition behalten habe: Ein Jude sei der, der die Torah hochachtet und respektiert.

Damals verstand ich, meiner Meinung nach, diese Hochachtung mehr, wie es die „richtigen“ machen. Heute sehe ich eine Verachtung der Torah bei vielen „Richtigen“, die meinen, nach ihr zu leben.

Der Rabbiner erklärte sehr interessant bei einem späteren Seminar, nach welchen Prinzipien die Torah gebildet wurde und, dass es eine ziemlich einfache Lebensbedienung ist, damit man gesund und gesellig bleibt. Diese Lektion trage ich immer noch in mir.

Ich habe meinen Mund nicht halten können und stellte ihm schon während des Schabbats fragen zum Gijur – der Konvertierung zum Judentum. Natürlich hat er mir davon dringend abgeraten, aber die anderen Teilnehmer machten mir Mut – es sei so extra geregelt, dass abgeraten wird, als ein Teil der bevorstehenden Prüfungen.

Ich fühlte mich jedoch sehr wohl – ich lernte Antoni kennen und er wurde zu meinem besten Freund bis ich es in 2011 selber versaut hatte. Antoni schrieb wunderschöne Gedichte und hat sich für mich sehr interessiert. Im Mädchenzimmer bat mich jedoch meine Mitbewohnerin nachzugeben und kein gegenseitiges Interesse zu zeigen, da sie in ihn schon lange verliebt ist.

Solidarität war schon immer meine Stärke (oder auch Verhängnis) und ich gab nach. Nach dem Ausklang des Schabbats gingen alle Teilnehmer in eine Kneipe. Ich war damals richtig hübsch und schlank und es gab sogar schon eine kleine Auseinandersetzung zweier Jungs um meine Aufmerksamkeit. Den Antoni habe ich zurückgelassen und er fand, wie geplant, den Trost woanders.

Später wurde Antoni zu einem sehr nahen Freund von mir. Er war oft bei mir in der kleinen Stadt, wo ich wohnte und ich kam gerne zu ihm nach Leipzig. Er tröstete mich 10 Monate lang immer wieder wegen einer heftigen Liebesgeschichte.

Eines Abends sprachen wir uns jedoch aus über die Geschehnisse an dem Schabbaton in im Jahr 2010. Antoni sagte, er hatte nur mit meiner Mitbewohnerin eine Beziehung angefangen, um den Verlust meiner Aufmerksamkeit schneller zu verarbeiten. Als er sich früh am Sonntagmorgen zum Aufräumen nach dem Frühstück bereit gestellt hat und alle auf ihre Zimmer gingen, kam diese Bekannte als Hilfe dazu. Was in den Räumlichkeiten, wo gebetet und der Schabbat begrüßt und verabschiedet wurde, passiert ist – von dieser Information soll die Gemeinde verschont werden.

13. Ein Jude soll vor allem die Torah respektieren. Wie genau, bitte?

Ein Jude sei vor allem der, der die Torah respektiert und lernt, sie zu verstehen. In den jeglichen jüdischen Seminaren, die ich besuchte, war alles ordnungsgemäß. Keine Milch- und Fleischprodukte zusammen, keine Bedienung elektrischer Geräte am Schabbat. Als Jude zählen nur diejenigen, die nach der jüdischen Mutter stammen. Die Jungs sollen beschnitten werden.

Viele Regelungen konnte ich für die heutige Zeit nie nachvollziehen und kam immer mit den heutigen Trägern dieser Traditionen in dieselben Diskussionen.

Wie es während meiner Taglit-Reise nach Israel gelehrt wurde, und später sich bestätigte, waren alle diese Gesetzmäßigkeiten dazu gedacht, damit die Menschen gesund leben können und auch praktische Regeln haben, an denen sie sich halten.

Während des Überfalls der Römer auf das Heilige Land wurden viele Frauen vergewaltigt. Nicht selten kam es zu Schwangerschaften. Selbstverständlich war für die Zeiten aktueller das Kind nach der Mutter zu identifizieren und nicht nach dem Vater. Deswegen war die Regel der Vererbung des Judentums damit praktisch. Heutzutage gibt es die Vaterschaftstests!

Diejenigen, mit denen ich bei den jüdischen Seminaren darüber ins Gespräch kam, wussten von der Geschichte. Trotzdem kam sehr oft die Antwort. Wenn die Juden jetzt die und die Tradition abschaffen, was soll dann mit der Kultur passieren?

Ein Mädchen saß vor der Synagoge am Schabbat und überlegte, wie sie nach Hause kommt. Es war ihr sehr wichtig. Sie ging zu einem früheren Zug in der Hoffnung, dass ihr jemand die Tür öffnet, indem er den Knopf betätigt, ansonsten müsste sie es mit dem späteren Zug probieren. So auch mit dem Fahrstuhl in ihrem Treppenhaus.

Ich staunte und staune immer noch, wie anders mein Konzept der Verehrung von der Torah ist und zwar das von der dieser als nicht konservativ geltenden jüdischen Gemeinde.

Mir scheint, Respekt vor etwas oder vor jemanden zu haben, sei nicht, sich in die Statuten zu setzen und alles zu kopieren, was vor Jahrtausenden praktisch war, sondern durch das verstehen des Kontextes, das Beste daraus zu lernen. Wenn ich einen Menschen verehre, kopiere ich doch nicht sein Äußeres, sondern versuche zu verstehen, warum er so toll ist, für mich selbst davon zu lernen und für an meinen eigenen Charakter das dann anzupassen.

So würde ich zum Zug gehen, schnell nach Hause fahren, dann schnell mit dem Fahrstuhl auf meine Etage flitzen und mich ausruhen, wenn das alles unbedingt nötig ist. Schabbat ist zum Ausruhen da, und wenn ich dafür drei-vier Knöpfe drücken muss, dann ist es ok so.

Das ist, was ich nie verstehen werde. Warum muss man das vor Jahrtausenden Praktische auch heute noch anwenden? Warum muss ich mich deswegen nicht vollwertig fühlen, weil mein jüdisches Blut „nur" durch meine Großväter fließt?

Die Frage ist übrigens rhetorisch.

14. Jüdische Vorfahren als Bleibehilfe

Eines Tages schrieb mich mein ehemaliger Studienkollege Martin an. Er war gerade in der Phase des Gijur – der Konvertierung in das „wahrhafte" Judentum aus dem Halbblutszuakzeptierenden. Damals hatte ich ihn sehr gerne und hielt sogar für einen guten Freund. Was danach passiert ist, beschreibe ich im nächsten Kapitel.

Jedenfalls schrieb mich Martin an, weil eine Freundin aus Russland ein Projekt in Halle besuchen würde und bräuchte einen Platz zum Schlafen. Selbstverständlich habe ich ja gesagt.

Es hat mich schon gewundert, dass man sie nicht bei vk.com selbst anschreiben darf, bevor sie es selbst getan hat, und als sie mich hinzugefügt hat, sah ich ihr auch ihr online Tagebuch, wo sie für ihre Bekannte schreibt, wie erfolgreich sie in Leipzig (!) ist – sie studiert und arbeitet in einer Bank und schreibt dabei ganz deutlich, dass man sie nicht beneiden soll: sie hat es alles mit hohem Fleiß gemeistert und empfehlt jedem anderen das Gleiche. Aus dem Beweisfoto war ihr Namensschildchen als Mitarbeiterin als „studentische Hilfskraft" an der Deutschen Bank.

Ich rief Martin sofort an. Es hat mir überhaupt nicht gepasst. Die Züge zwischen Halle und Leipzig fahren mehrmals die Stunde und zwar nur 30 bis 40 Minuten. Die Fahrt war für sie als Studentin auch kostenfrei. Und ja, Martin hat bestätigt, ich hätte ihn wohl falsch verstanden, Anna kommt zwar aus Russland, wohnt aber tatsächlich ein paar Jahre in Leipzig. Sie kannten sich von der Jüdischen Gemeinde.

Dieses Gespräch fand jedoch am Vorabend statt und ich habe mich schon verpflichtet gefüllt. So habe ich Anna nach 3 Tagen vom Bahnhof abgeholt und wir liefen zu mir.

Es war das Jahr 2015, Herbst. Das ganze Deutschland war gespalten – für oder gegen die syrischen Flüchtlige. Meine Position war klar – Refugees Welcome. Ich kam nach Deutschland, weil es mir hier viel besser geht und ich bessere Bildungs- und Schaffungsmöglichkeiten hatte. Die meisten syrischen Menschen liefen weg von dem Krieg. Das war mir klar auch bevor ich die ersten syrischen Freunde kennenlernte.

Am wenigsten Verständnis hatten nur genau solche Menschen, wie diese liebe Anna. Zu aller erst hat sie sich beschwert, dass sie keinen Liebesfreund finden kann – mit Martin hat es nicht geklappt, mit anderen aus der Gemeinde auch nicht und sie überlegt auszutreten, weil ihr die Zeit davon läuft und sie niemanden mehr in der Gemeinde fangen könnte. Anna sagte, sie ist nur beigetreten, da sie krampfhaft in ihrem Familienstammbaum gesucht und endlich etwas gefunden hat. In der leipziger Gemeinde bist du besonders blickenswert, wenn du „halachisch“ bist. Darüber in der nächsten Geschichte.

Sie hatte sich schon einmal mit jemanden einmal zur fiktiven Ehe abgesprochen, doch dann wollte der Zukünstige so viel Geld dafür, wie sie nicht zahlen konnte. Genau im gleichen Gespräch, ohne Pause ging es los über das heiße Thema die Flüchtlinge. Die Gegenargumente der Anna waren, wie als ob sie über sich selbst reden würde: die Flüchtlinge wandern illegal ein, sie übersiedeln Deutschland und wollen für immer bleiben. Sie suchen Frauen um mit denen schnell zu heiraten und Kinder bekommen, und das wichtigste – für sie zahlt sie die Steuern! Und lauter diese Dinge. Ich habe mir dabei fast den Finger in der Küche abgeschnitten vor Wut.

Am nächsten Tag kam auch Martin vorbei. Er wollte bei mir nichts essen und nicht trinken wegen Kaschrut. Das habe ich akzeptiert. Aber als er meine liebe Katze angebrüllt hat, habe ich leise in mir festgelegt, dass er zum letzten Mal meine Wohnung betritt. Kurz nach seinem Besuch, hat Anna auch über Martin abgelästert. Mit seinen Geheimnissen und einfach nur unangenehmen Sachen.

15. Martin und Gijur

Martin war in der Konvertierungsphase zum Judentum – beim Gijur. Natürlich habe ich es ihm gegönnt – wenn sein Glück in der Religion liegt und er bereit ist, dafür den schweren Weg zu gehen – soll er doch.

Jedoch als Martin kaum aus meiner Wohnungstür war, ging Anna los mit seiner „dreckigen Wäsche". Ich konnte meinen Ohren nicht glauben, und zwar nicht, weil sie Martin total diskreditiert hatte, sondern deswegen, weil ich es eckelhaft fand, auf so einem kleinen Raum mit diesem Weib zusammenzusitzen.

Jedoch war ihr Bericht bemerkenswert.

Martin besuchte jüdische Seminare in der leipziger Gemeinde und war wohl schon längst beigetreten. Als „Halbblutsprinz" wohl, aber es störte ihn erstmal nicht. Bis er Esther getroffen hat. Die wunderschöne Esther trug lange Röcke, keine tiefen Ausschnitte und ließ ihre Ellenbogen nicht blicken. Sie konnte sich jedoch so schön kleiden, dass es richtig modisch aussah.

Die jungen Mitglieder pflegten es, nach den Sonntagsseminaren beim Rabbiner, in ein Café etwas trinken zu gehen. Immer dieselben jungen Menschen. Auch Esther und Martin. Schon seit Monaten versuchte Martin die Aufmerksamkeit der schönen Mädchen auf sich zu ziehen. Sie war auch nicht abgeneigt – oft sind sie nach dem Café auch eine Runde spazieren gegangen. So war es auch dieses Mal.

Sie gingen durch den Park. Ihr Weg wurde durch orangene und rote Blätter verschönert. Martin fand diesen Augenblick genau richtig und bat Esther, dass sie sich auf die nächste Bank setzen. Jedoch wurde seine schüchterne Direktheit gar nicht belohnt.

- Du bist ein toller Mensch, Martin! Ich verbringe sehr gerne Zeit mit dir zusammen. Aber wir können nicht zusammen sein. Du bist kein Jude und es wird nie etwas Ernstes, wie Heiraten und Kinder haben. Und mich interessiert nur eine ernste Beziehung, verzeih mir.

Die nächste Minute standen diese Worte in Martins Ohren im Echo. Die Menschen im Park liefen wie in Zeitverzögerung hin und her. Esther drehte sich wieder zu Martin und sagte:

- Ich muss gehen, wir sehen uns dann., - und ist gegangen.

Martin entschloss sich genau in diesem Moment zu einem echten Juden zu werden. Auch nach der „vorgesehenen“ Entmutigung des

Rabbiners zog er Gijur selbstlos durch. Er besuchte extra Lehreinheiten, stellte seine Essensgewohnhheiten auch bei seinen Eltern, mit denen er noch wohnte, um, trug Kippah und brachte zu Gast immer koscheren Wein mit, und es war das Einzige, was er bei den „Nichtjuden“ den Abend lang konsumierte.

Nach zwei Jahren kam er in meine Wohnung, wo sich diese Anna befand und ich durfte ihm zur erfolgreichen Konvertierung gratulieren. Wir saßen am Tisch und sprachen über die jüdische Gemeinde in Halle. Ich wunderte mich, warum er die leipziger Gemeinde ausgesucht hat, denn die hallische ist näher und sie haben auch ein reiches Lehrangebot und Veranstaltungen. Ich konnte meinen Ohren nicht glauben, denn aus Martins Mund kam folgendes:

- Aber der Vorsitzende hat eine nichtjüdische Ehefrau. Wie kann man wohl sein Judentum ernst nehmen?

Ich war entsetzt und erstmals sprachlos. Wie? Weshalb? Wann wurde mein ehemaliger Studienkollege durch einen Rassisten ausgetauscht. Ich wagte noch einen Schritt auf ihn zu:

- Und du... wenn du dich in eine Nicht-Jüdin verliebst und sie erwidert dir deine Gefühle....
- So etwas wird nie passieren. Es ist ausgeschlossen.

Als Martin kurz aus meiner Wohnung war, begann Anna mir diese Konvertierungsgeschichte zu erzählen.

Glücklich heiratete Martin nach noch paar Jahren ein hübsches jüdisches Mädchen. Es war eine große traditionelle jüdische Hochzeit. Es gab bei Facebook viele schöne Bilder und Videos.

16. Wie mein Vater plötzlich zum „gläubigen Juden“ wurde

Mein Vater machte eine Umschulung zum LKW-Fahrer. Es machte ihm Spaß und schon bald bekam er seinen ersten Arbeitsvertrag – er fuhr beladen in den Westen Deutschlands und zurück. Die unbezahlten Überstunden musste ein Kauf nehmen, ein besseres Angebot hatte er nicht. Er wurde auch wie ein Esel ausgenutzt aber es war immerhin besser, als die Arbeit in der Leihfirma davor. Die unhöfliche Redenorm des Arbeitsgebers konnte mein Vater innerlich ausschalten, er sah ihn nämlich nur einmal in der Woche zur Planung. Und die Woche war so ausgestattet, dass mein Vater ganze 14 Stunden am Tag auf Arbeit war und gleich ins Bett ging, und zwar am Tag bei vollem Licht. Aber es gab immerhin ein paar Hundert Euro mehr auf dem Konto, als das HARTZ-IV.

So war uns allen klar – mein Vater muss endlich aufhören engagiert zu arbeiten und muss dementsprechend nur die im Vertrag vorgesehene Arbeit zu leisten und sich nicht für irgendwelche Sachen wie das Nicht-Deutsch-Sein unterkriegen lassen. So das Statement.

Vor drei Jahren versammelte der Chef alle Mitarbeiter und teilte mit, welche genau ab sofort mindestens drei Samstagschichten im Monat ab sofort leisten müssen. Auf dieser Liste befand sich selbstverständlich auch der Name meines Vaters. Jedoch wusste er sofort, wie er zu Handeln hatte:

- Ich bin ein Jude und ich kann nicht an Schabbat arbeiten.
- Du bist ein Jude?, - der Chef stand mit offenem Mund, - seit wann denn das? Ich glaube dir dir nicht.
- Weisen Sie mir anderes nach.

Mein Vater arbeitet auch heute immer noch in seinen Montag- bis Freitag-Schichten. Endlich hat ihm sein „Judentum“ etwas Nutzen gebracht.

Schabbat ist in unserer Familie ist die Zeit für die Erholung. Ohne jüdische Traditionen. Obwohl, in meinen Augen – Erholung erfühlt den Sinn der „Welterschaffungswoche“.

17. Freundin der Gemeinde

Da ich immer eine sozial aktive Person war, arbeitete ich fleißig ehrenamtlich in verschiedenen Vereinen. Es war bis dahin ein Tierschutzverein, ein Jugendverband und auch ein Dachverband vieler einzelnen Migrantenorganisationen im großen Umkreis. Dieser letzte Verband beschäftigte und beschäftigt sich immer noch mit der Hilfe zur Integration, sowie für die Sensibilisierung der Menschen auf Besonderheiten diesbezüglich sorgt, damit es allen Menschen, ob Bürgern oder nicht, leichter und komfortabler zusammenzuleben wird und dieses Erlebnis für lange bleibt.

Ich half oft bei den Übersetzungen, ob telefonisch oder bei Terminen, machte auch viele Weiterbildungen, die auf das Konfliktmanagement innerhalb verschiedener Kulturen vorbereiteten.

Regelmäßig findet eine Jahreskonferenz des Verbands statt. Ich, als ein Einzel-Fördermitglied, bekomme auch jedes Jahr die Einladung. Dies war meine erste Konferenz im Jahr 2016. Bevor der offizielle Teil angefangen hatte, hörte ich zwei russisch sprechenden Männer. Ich weiß es nicht mehr genau wie, aber wir kamen ins Gespräch. Der Vorsitzende einer Jüdischen Gemeinde war sehr galant, sodass wir uns beim Abendessen wieder zusammen fanden. Er freute sich sehr für mein schon großes Interesse für die jüdische Kultur, und redete mir meine Selbstidentifikation nicht ab – es störte ihn überhaupt nicht, dass ich von mir als einer Jüdin gesprochen hatte. Er lud mich gerne ein, in seine Gemeinde beizutreten und das Kulturangebot dort zu nutzen. Jedoch, meinte er, es gäbe einen Haken, denn die Interessenten, die nicht nach der Chalacha abstammten, also nicht die Mutterlinie im Familienstammbaum folgten und andere jüdische Wurzeln haben, oder auch nicht, können nur im Status „Freunde der Gemeinde“ aufgenommen werden. So die Regel. Das kulturelle Angebot stünde jedoch allen Mitgliedern zur Verfügung.

Als ich beim Mittagessen am Sonntag erwähnt hatte, dass ich gerne male, fragte er, was genau. Ich zeigte Bilder, die ich auf dem Smartphone hatte. Rückblickend muss ich sagen, sie waren nicht mal „soso“, sie waren tatsächlich „naive Kunst“ wenn man es so will.... Jedoch versteht man heute „naive Kunst“ als etwas gewollt Naives. Ich hingegen konnte nicht anders, als „naiv“. Wahrscheinlich war es doch etwas interessant und keine völlige Blamage. So wurde mir die Ehre erwiesen, meine erste eigene Ausstellung in der Galerie Jüdischen Gemeinde zu Dessau durchzuführen.

Ich kann es immer noch nicht glauben, dass ich es durfte, und ich hatte sogar noch zwei Mal Möglichkeiten mit einem Bild noch an

Sammelaustellungen teilzunehmen. So bin ich auch heute unglaublich dankbar und bin auch sehr gerne in meinem Status auch wenn nur der Freundin der Gemeinde!

18. Blonde Chris, Ausreden und Fantasien

Wir trafen uns in einer Sommerschule der polnischen Sprache und Kultur in Cieszyn. Es war der heiße Sommer 2015. Ich mochte sie sofort, ihr schienen jedoch alle egal zu sein. Solche eigenständigen Menschen begeisterten mich schon immer. Nach und nach erfuhr ich, dass die blonde Chris sieben Musikinstrumente spielt, beendete erfolgreich das Jurastudium (damals wusste ich noch nicht, dass sie dabei nur 20 Jahre alt war, sie schien viel erwachsener zu sein), sie schminkte sich nicht, zog weite Klamotten an – wie ein echtes Junge-Mädel. Wir fingen an uns gut zu verstanden vor allem bei einer Exkursion nach Krakau. Irgendwo in der Nähe des berühmten Marktplatzes sagte sie zu irgendeinem Thema, dass ihr Vater im Gefängnis ist. Ich fragte nicht warum, wir waren da noch nicht richtig befreundet.

Unsere Freundschaft begann später. Vom „wie-geht's"-Rumschreiben. Irgendwann schrieb sie mir, dass sie mich total cool findet und noch ein paar wirklich starke Komplimente. Ich saß in der Zeit in Moskau und wartete 8 Stunden auf einen frühen Flug und das hat mir diese Nacht total versüßt. Vor allem, da ich zu der Zeit sehr dick war. Jedes gute Wort zählte – ich selber fand mich richtig unnötig und hässlich. So fingen wir an, regelmäßig zu schreiben. Was uns mehr zusammenbrachte war aber nicht nur gegenseitige moralische Unterstützung, sondern ein Fakt unserer Vorgeschichte – die blonde blauäugige Chris war eine „reinblutige“ Jüdin. Sie sprach perfekt Hebräisch, hatte eine doppelte Staatsbürgerschaft (Weißrussland und Israel). Aus welchem Grund auch immer fand sie auch Wurzeln in der Linie der polnischen Juden und wollte so schnell wie möglich eine polnische Staatsbürgerschaft bekommen. Wahrscheinlich war es deswegen keine Variante, nach Israel auszuwandern, weil sie auch ihre Eltern öfter sehen wollte. Nun studierte sie in Polen Medizin und konnte ab und zu nach Hause.

Ihr Vater war, wie gesagt, im Gefängnis. Und ihre Mutter war auch ab und zu, wie der Vater, im Gefängnis. Auch Chris saß mehrere Male ihre 15 Tage für ein oppositionelles Streifen an der Hand. Diese Familie ist eine der einigen wenigen oppositionellen Politikern in Weißrussland. Chris wurde im Jahr 2011 auf den Protesten so von der Polizei zusammengeschlagen, dass sie ihren Rücken nie mehr gerade halten können wird.

Wie schwer auch gerade die Dinge standen, und in den Jahren unserer „Brieffreundschaft“ hatte sie mit einer schweren Krankheit zu kämpfen, dann auch ich.... immer blieben uns Judenwitze auf allen Ebenen. Zum Beispiel, dass wir jemanden mal fragten, wer von uns ein „Vollblutsprinz“ ist und wer nur halb. Da ich auch gerne mit Freunden lustige Videos mache, haben wir uns eine Reihe von Szenarien ausgedacht, die wir unbedingt filmen werden, wenn wir uns mal offline begegnen, so zum Beispiel das Video mit dem Namen „Schabbat“:

Freitag Abend. Ich bin in einem Studentenwohnheim und freue mich, dass meine Zimmernachbarin weg ist. Ich spiele Computer, Klavier, Smartphone und genieße das Alleinsein. Es klopft an der Tür. Chris schreit, dass ich ihr helfen muss, sie kann irgendetwas nicht verstehen. Sie wird immer aufdringlicher. Ich sage, ich kann ihr nicht helfen, während dessen mache ich Kerzen an und eine Menora, verstecke mein Smartphone und alle anderen Geräte. Mache die Tür auf.... Chris sieht es und fängt an, sich zu entschuldigen und geht. Ich blinke in die Kamera, packe mein Laptop an und gucke Duck Tales.

Ein anderes Video wäre z.B. über ein Mädel, das alle in sie verliebten Jungs abschießt damit, dass sie angeblich nur was mit einem Juden anfangen kann, und sich dann selbst verliebt und einem hinterher rennt und sie ihre Religion und Geschichte sie nicht interessiert. Wie es vielen so geht, wie es meine Erfahrung mir sagt.

Diesen „Korb“ bekommen leider ganz viele Menschen.

Und keine von unseren Begegnungen, ob on oder off, bleiben ohne Witze über die sich zu den „echten Juden“ ernennenden Personen. Dafür mag ich sie, meine halachisch Richtige!

19. Warum trägst du einen Davidstern, das sieht doch jeder!

Während meines Studiums hatte ich einen sehr guten Nebenjob in einem Abrechnungszentrum. So eine gute Bezahlung, freie Wahl der Schichten, Urlaubsgeld, Weihnachtsgeld, teures Eis freitags, kein schwerer Einsatz. Es arbeiteten und arbeiten immer noch sehr viele Studenten, sowie Teilzeit- und Vollzeitangestellte.

Schon bevor 2015 viele syrischen Flüchtlinge ankamen, waren die größten Gegner dessen unsere Migrantinnen aus der ehemaligen UdSSR. Nachdem die Meisten über zehn Jahre vom Staat bezahlt zuhause saßen, kamen sie endlich zu einem Vollzeitvertrag bzw. Teilzeitvertrag und demonstrierten stolz die Tatsache, dass sie Menschen von ihren Steuern plötzlich füttern müssen. Sehr viele davon, die eine deutsche Staatsbürgerschaft bereits bekommen hatten, lobten und wählten glücklich die AfD, die gerne zu ihrer, sagen wir mal, Angst, regelmäßig beisteuerten. Sie hielten und halten sich für keine Rassisten. Meine großzügige Ausführung der Definition des Begriffs brachten nichts.

Eine Frau mit jüdischem Hintergrund, auch sogleich ein Mitglied einer jüdischen Gemeinde, auch eine „keine Rassistin“, sah bei mir eines Tages einen Kettenanhänger in Form eines Davidsterns. Bevor sie ihn sah, bezeichnete sie auch 10 Minuten Muslime als , übersetzt, Schmarotzer, „diese Ausländer“, usw..

Ich muss auch leider noch eine beschreibende Eigenschaft dieser Frau geben – seit mehr als 15 Jahre in Deutschland erzählte sie nur von Freunden – Migranten aus der ehemaligen UdSSR.

Nun sah sie meinen Kettenanhänger. Ihre Augen wurden groß und sie sagte:

- Warum zeigst du das? Man sieht es doch!

Ich war geschockt:

- Sag mit mal, hier tragen Viele genauso große christliche Kreuze als Anhänger, und das hier ist genauso eins, nur von einer anderen Religion und als ein Zeichen der Angehörigkeit und Liebe zur jüdischen Kultur. Warum soll ich mich auf einmal dafür schämen?

Die Frau antwortete nur, dass Christentum hier normal ist. In den nächsten Monaten bekam ich die gleichen Worte über den Verbot der Adoption der Kinder aus Russland aus anderen Ländern und vor allem durch homosexuelle Paare – weil heterosexuell zu sein normal ist und weiter gegeben sein soll.

Ich habe schon seit mindestens einem Jahrzehnt gemerkt, dass die größten Nazis eigentlich Menschen mit Migrationshintergrund sind. Nach dem Motto: „Wir flitzen schnell rein, aber dann machen wir gaaanz schnell die Tür hinter uns zu, damit diese Schmarotzer das deutsche Land nicht ausnehmen. Wann bekomme ich eigentlich wieder meine Sozialleistungen?“

20. Die AfD und die SPD innerhalb einer Familie

Im März 2019 trat ich mit großem Stolz in die SPD ein. Zu diesem Zeitpunkt wurde über uns Mitglieder schon öffentlich gelacht, im Fernsehen und im ganz Heil Internet wurde dieses sehr gerne und bis in die Niveaulosigkeit getrieben. Wir wussten warum und sprachen uns die Schuld daran nicht ab. Jede Menge wurde jedoch in der Gesellschaft vorenthalten und gefüllt nur wir trugen diese Information in uns.

Mein Verwandter, ein aufrichtiger Jude von der Abstammung, kam mir der „jüdischen Welle" von der Moldau nach Deutschland als Mittelschul-Kind, schuf bei Frankfurt sein Abi und fing ein Sozialpsychologie-Studium an und schmiss es aus den sich mir unerklärlichen und sogar märchenhaften Gründen – aus Wut, dass seine geschriebene schriftliche Prüfung verloren ging und es war nicht nachzuweisen, dass sie geschrieben wurde. Zum zweiten Mal diese zu schreiben war also keine Option für meinen Verwandten, sogar kurz vor dem Studienabschluss.

Vielleicht war es auch genauso, dann zeigte sich seine, für meine Begriffe, radikale politische Haltung. Früher war er sogar bei der SPD, jedoch fand er die Richtung der Partei nach zwei Ortsvereinssitzungen antisemitisch und sowieso nicht produktiv. Eine höhere Stellung hat er dort nicht angenommen, vielleicht, weil bei der SPD viele Jobs ehrenamtlich zu übernehmen waren. Aber, ich unterstreiche, es sind meine Vermutungen.

Was mich keineswegs spaltet, das ist, dass er vor ein paar Jahren in die AfD eingetreten ist. Seine Einstellung habe ich ihm sogar verziehen, da er ein sehr sonst sehr aufmerksamer Mensch war und er passte sehr gut zu seiner Ehefrau – seiner sehr begabten Dichterin mit dem entsprechenden avantgarden Charakterzügen. Er hat auch selber ein Talent als ein professioneller Vokalist.

Aber ab nun drehten sich unsere politischen Gespräche im Kreis: von den syrischen Flüchtlingen sprangen wir sofort zu HAMAS und FATAH und, vor allem, dass es nie möglich sein wird, dass Muslime mir anderen europäischen Religionen und Kulturen zusammen leben könnten. Als ich Beispiele über Bosnien, vielen der Republiken Russlands, sowie afrikanische Länder brachte… Dann kam auch der allen bekannter Spruch – Terrorismus geht nur von Muslimen aus. Anders Breivik, der Amokläufer in der Kertsch von 2018, die Missgeburt vom Anschlag in Halle im Jahr 2019.... weiter? Auch, dass nicht nur Muslime Frauen vergewaltigen, weiß ich wohl leider am eigenen Leib.

Die AfD sollte, nach der Meinung meines Verwandten, die Schutzbedürfnisse der Juden wachen. Besser würden meine Augen das nicht sehen, doch er zeigte mir einen Chor von jungen und alten Juden bei YouTube, die im Tagungsraum der AfD gesunden haben. Ich sage dazu – Judenräte.

Sehr interessant fand ich die Strategie meines Verwandten – es würde einfach in der AfD aufzusteigen und dann die eigene Richtung aufzuzeigen. Ich finde nicht, dass die Strategie falsch sei, aber indem er sich jetzt viele demokratischen Wege versperrt, kommt er mit einer solchen Strategiebeschreibung kaum voran. Die Lust nach jedem Ruhm...auch nach Schlechtem. Sinnvoll? Produktiv?

Dass wir immer jedes Mal nur um das Thema Muslime kreisten, war wirklich normal, denn das war noch nicht ausgeklungener Hype. Zur Abwechslung kam oft die Frage, warum ich ausgerechnet in die SPD eingetreten bin, die Partei sei nicht erfolgreich bei den Wahlen. Auch mein ganzer Ehrenamt im interkulturellem Bereich sei unnötig gewesen. Und ohne Bezahlung, also ehrenamtlich, zu arbeiten findet er sowieso für blöd. Egal, welche Funktion man hat.

Nicht wie ich dachte hat mir mein Verwandter seine Aufnahme in die Partei beschrieben: er wurde gefragt, was er mir den syrischen Flüchtlingen machen würde. Da er nicht „raus damit" - sagte, wurde er aufgenommen, da in der Partei keine Rassisten erwünscht seien. Jedoch wurde es immer richtig laut während der Sitzungen – da in die AfD jeder Mensch quasi gelangen konnte, wurde es bei den Sitzungen richtig laut. So verstand mein Verwandter die Demokratie – jede Meinung kann herein und die Ruhe und der regelgerechte Meinungsausdruck nach Handhebung sollte also bedeuten, dass in der SPD alle komplett einer Meinung sind und somit die Sitzungen nicht produktiv sind. Die Sitzungen der AfD sollten hingegen ein gegenseitiges Angeschreie sein und nur so käme man demokratisch voran.

21. Der 09.10.2019 in meinem Halle (Saale)

Ich saß Restaurant im Städtchen Tárrega. Eine ehemalige, aber immer noch geliebte Freundin schrieb mir über Whatsapp. Wir meldeten uns schon zwei Monate nicht beieinander, aber das immer noch in voller unsterblicher Freundschaft zueinander.

Ich habe gedacht, mich schreibt eine andere Nina an, die aus Berlin. Jedoch war es Nina Milica. Sie fragte plötzlich, ob es mir gut geht und ob meine Angehörigen in Sicherheit sind. Dazu gab es einen Link. Ich öffnete und laß: in meinem Halle (Saale) soll ein Amok-Läufer einen Anschlag auf die Synagoge zur höhsten Feierlichkeit des Yom Kippur Festes geplant haben. Als die Gemeindetür gegen seine Waffen gehalten hat, schoß der Irre auf Passanten. Zwei wurden getötet. Das war wie ein Albtraum.

Der Vorsitzende der Jüdischen Gemeinde zu Halle an der einen der Märkerstraße Max Privorozki sagte später in einem der Interviews, es sollten die jüdischen Einrichtungen zumindest während solcher großen Feierlichkeiten polizeilich überwacht werden. Hätte die Missgeburt Stefan B. seinen Plan vollbringen können, so würden auf seinem, anscheinend imaginären, Gewissen über 60 jüdische Seelen sein.

In größeren Städten sollen die jüdischen Gemeinden vor allem in den letzten Jahren besser überwacht werden. Die braune Welle stieg ja tatsächlich.

Die junge „Alternative für Deutschland" nahm erst die Muslime vor und arbeitete dann damit stark mit allen PEGIDA-Flügel.

Genauso gerat in die LEGIDA ein, auch eigentlich ein sehr guter Mensch. Sein Studium schloss er auch mit 37 nicht ab und sagte dazu nur eins: Stress mir der noch geliebten Ex. Ein Migrant aus Russland mit nicht-europäischen Gesichtszügen.

Genauso fanden auch viele anderen „verlorenen Seelen" einen Zuspruch in der Angstecke. Wie gesagt, es gibt ja viele Videos, auf denen man sieht, wie auf einer Parteisitzung der AfD Juden im Chor singen. Wie mein Verwandter sagt – sie wählten die Partei als Schutz vor Muslimen.

Der Amokläufer Stefan B. plante einen großen, historischen, Anschlag. Nachdem er die Weltverschwörungstheorie als Video in Kürze geschildert hat, ging er los. Der Weg zur Selbstwertschätzung.

Das Schockierende war – warum auf einmal wieder Juden? In jeder deutschen Schule wird Holocaust an erster Stelle betrachtet, eine Fahrt in einen der Konzentrationslager-Museen inklusive. Sollte ich irgendwo einen Judenwitz erzählen, so sollte ich noch hinzufügen, dass ich selber eine Jüdin bin, sonst besser nicht. Ab diesem Punkt hatte ich das Gefühl, dass mir die Menschen mehr Respekt erweisen, als ich es überhaupt verdient habe. Die Intensivität der Schulbildung schien mir deswegen schon etwas überheblich... bis zum 09.10.2019.

Die alte Mode den Juden für alle „Löcher“ zu beschuldigen wird wohl zum „neuen Schwarz“. Das Entsetzen und das ganze sichere Lebenskonzept platzt, somit auch für mich.

Sechs Abtreibungen meiner Oma

Сор из моей личной избы

(geschrieben im Jahr 2020)

1.

Ich schreibe dir, weil ich es nicht mehr kann. Ich bin so fern von kulturellen... Werten... Man nennt es Werte. Bin ich eine Rassistin? Nazistin? Antisemitin? Nur mich kotzen die so genannten Werte der weißen Braut an? Der unberührten Frau? Von der Frau, die schön und treu sein muss und nur so in eine Ehe kommt. Und nach der Ehe?

Bitte, lies es zu Ende, ich brauche dich. Ich muss es jemandem erzählen. Meine Oma hatte sechs Abtreibungen ohne Narkose und sie spricht darüber jedes Mal, wenn ich sie besuche... seit mein Opa nicht mehr da ist. Sie will, dass wir es weitererzählen. Ich sehe es. Sie kotzt es aus der Seele heraus jedes Mal.

2.

Ein vierzehnjähriges Mädchen, also meine Oma, sammelt Weizenährchen auf einem Feld. Manchmal bewegt sie die den Prozess störenden Leichen. Es ist oft nicht mehr klar, ob es deutsche oder sowjetische Soldaten waren. Klamotten und sonstige Sachen wurden längst geklaut. Es herrscht Hunger. Die Sterblichkeit im Dorf in der Nähe von Belgorod ist hoch und oft freut man sich schon, dass es um einen Kopf in der Familie weniger wird.

Später wird aus solchen Mädchen fast jede typische Oma, die ihre Enkel zufüttern, als ob sie Pelmeniteig wären, als ob es das letzte Mal ist… Du verstehst bestimmt was ich meine.

In der Familie meines Vaters mangelte es nicht an Geld, genauer zu sagen nicht nur Geld, sondern an Bekanntschaften um bei Weitem mehr, um nur das Nötige zu bekommen, wie es in der UdSSR so war; gutes Essen, Klamotten, Technik aus der DDR. Es mangelte an Liebe und den heutigen Normalverhältnissen. An der heutigen Normalität des Umgangs miteinander. Mein Vater wurde gut gefüttert, alles andere war eine totale Traumatisierung unter der Deckung der propagierten so genannten starken sowjetischen Familie. Schlägerei war normal. Gegenseitiger Hass der Eltern war normal. Aber an eine Trennung wurde gar nicht gedacht. Es war normal. Überall war diese Deckung einer wunderbaren und starken sowjetischen Familie. Doch wer ist daran schuld? Mein Opa? Meine Oma? Die UdSSR?

Im Fernsehen schaut sie jetzt bestimmte Sendungen. Seit ein paar Jahren schreit sie mir in die Seele. Sie erzählt jedes Mal, sie sei eine toxische Mutter gewesen. Und mein Opa war genauso. Wie ich es selbst sehe? Ich stimme zu. Es war eine schlechte Familie. Jedoch kein Mitglied war daran schuld.

Ich erzähle dir einfach die Geschichte dieser Familie.

3.

Meine Oma erzählte mir eine neue Einzelheit ihres Privatlebens vor meinem Opa. Sie hat sich nur einmal im Leben als eine Frau gefühlt, als sie mit einem bestimmten Alexej starkes erotisches „Rummachen“ gehabt hat. Es kam zwar zu keinem Geschlechtsverkehr, aber sie beschrieb es genau mit den Worten, dass es das einzige Mal war, als sie sich als gewollte und echte Frau gefühlt hatte. Egal, wo Alexej sie damals überall im Kolchos anfasste, sagte er sofort solche Komplimente zu diesen Körperteilen, die meine Oma nie danach bekommen hat.

4.

Die weitere Geschichte kann ich nur vermuten, ob sie stimmt oder nicht. Mein Vater und meine Tante sagen, es kann so nicht stimmen. Aber ich weiß an mir, wie Scheiße Victim Blaming sein kann. Ich habe selber eine Vergewaltigung durch und meine Eltern meinten sofort, dass wenn ich mit dem da bereits mal geschlafen habe, dann ist es keine Vergewaltigung gewesen, vor allem, ich bin ja selber zum Vergewaltiger nach Hause mitgekommen, also bin ich selber daran schuld. So neige ich immer mehr dazu, meiner Oma zu glauben.

Ihrer Geschichte nach, hat mein Opa sie unter mir nicht bekannten Umständen vergewaltigt und dann sie als ehrlicher Sowjetbürger danach geheiratet hat. Lies dir das nochmal durch – der Vergewaltiger nimmt seinem Opfer die Jungfräulichkeit und heiratet sie darauf hin, weil sie sonst wie ein Kondom oder Klopapier nicht wieder für andere benutzbar wäre.

Ich glaube meiner Oma. Wenn ich das jetzt so durchspreche… Jetzt glaube ich ihr definitiv.

5.

In vielen Familien der Fünfziger gab es nun einmal viele Kinder. Meine Oma gebar zwei meinen Vater und meine Tante. Alle anderen Schwangerschaften musste sie abbrechen. Es gab keine Liebeskapazitäten schon für die ersten beiden Kindern. Meine Oma war auch keine Heilige. Sie war eine junge Frau aus einem Dorf, die auf eigene beleidigenden Sprüche keine Verantwortung zu fühlen schien. Es war so natürlich wie ihre ständige Aufdringlichkeit Menschen vorzuschreiben, dass sie in den Mengen essen, in denen sie es für nötig hält – bis zum Umfallen. Wie alle Kriegs- und Nachkriegskinder.

Mein Opa schien ein intelligenter Mensch zu sein. Jedoch nicht zu Hause. Das machte mein Vater in unserer Familie auch nach. Doch es geht nicht darum.

Das Stichwort war „Kondome". Wer hat sie schon benutzt? Welcher sowjetische Mann hat es je ernst genommen und sich antun wollen. Gummi über das beste Stück zu ziehen?

Meine Oma hat gelitten. Jeder Sex… genauer zu sagen Geschlechtsverkehr… war eine Qual. Meine Oma erzählt seit wenigen Jahren immer das Gleiche. Der Geschlechtsverkehr war eine Folter.

Wenn sie es nicht geben würde – wäre sie keine echte sowjetische Frau, die ihren Mann würdig ist. Es ist auch schon in der russischen Sprache festgehalten – die Frau heiratet nicht, sondern „geht hinter den Mann". Ist man bis 24 nicht „hinter dem Mann", so wird man hinter dem Rücken als „altes Fräulein" beschimpft und hinter dem Rücken ausgelacht.

Hat man das Glück und hat es geschafft, jungfräulich beim Standesamt „ja“ zu sagen, so wird es danach wahrscheinlich die qualvollste Nacht des Lebens.

Sexuelle Aufklärung? Ne, dafür aber die Parteigeschichte.

Niemand wusste, wie Sex geht. Mein Opa wahrscheinlich auch nicht. Die letzten Jahre seines Lebens hatte er jedoch eine Affäre und ich hoffe, er konnte wenigstens dort seine Sexualität ausleben. Meine Oma hatte die Möglichkeit nicht und sie bereut es jetzt, meinem Opa immer treu gewesen zu sein. Dieser Geschichte folgt immer der Bericht des Rummachens von Alexej.

Zuhause ging es so los. Mein Opa wollte. Meine Oma machte die Beine breit und es ging sofort los. Meine Oma deckte ihr Gesicht mir dem Kissen, damit mein Vater und meine Tante nichts mitbekommen.

Oft genug kam es zu einer Schwangerschaft. „Was bist du nur schon wieder Schwanger?“, - wunderte sich mein Opa.

Diese Ehe konnte nicht noch ein Kind bekommen und meine Oma ging zum Arzt. Abtreibungen waren ein Tabuthema und jede Frau, die mit diesem Problem zum Gynäkologen kam, wusste Bescheid –

sie ist selbst daran Schuld und es gibt keine Narkose. Stell dir die Erniedrigung und die Schmerzen einmal vor!

6.

Ich habe mich entschlossen, dir das zu erzählen, nicht, weil es ein wichtiges Thema ist… Nein.

Es geht um meine Oma. Sie erzählt uns das Ganze immer seit dem Opa tot ist, jedes Jahr kommen mehr Einzelheiten. Sie ist 90 Jahre alt und ist komplett beim Bewusstsein. Sie sitzt nur zu Hause und schaut fern. Wenn wir kommen, erzählt sie davon. Von der Vergewaltigung und alle anderen Vergewaltigungen, von der toxischen Erziehung ihrer Kinder, von Alexej. Aber sie dankt in den Himmel, sie dankt wirklich in den Himmel meinem Opa, dass sie uns hat, uns – ihre Enkel.

Ich empfinde es jedes Mal als Hilfeschrei, verstehst du? „Erzählt es bitte überall! Ich schaffe es nicht mehr. Ich will, dass alle es wissen und mein Leben nicht nachmachen. Ich will, dass alle über mein Leiden wissen! Ich will kein Theater mehr!“′

Deswegen habe ich dir geschrieben.

Jemand lügt

(geschrieben im Jahr 2020)

1.

Sie spricht leise, wenn überhaupt. Die Hände greifen einander und wandeln von Seite zu Seite. Dann nach unten. Das Schlimmste wäre geschafft, sagt die Erzieherin. Alles wird gut. Ihre Schwester weint auf dem Bett, welches vor drei Monaten frisch bezogen wurde. Auch der kleine Bruder weint. Wo ist unsere Schwester? Der Vater weint im Nebenzimmer. Er hat ihr nie etwas Böses angetan.

Drei Tage Heim. Nach drei Tagen muss sich alles entscheiden. Aber die Erzieher bestehen darauf, sie im Heim zu behalten. Das Schlimmste wäre geschafft, sagen alle Erzieher. Ich komme wie immer nach der Vereinbarung. Ich wusste nichts. Ich hätte es ahnen können. Zwei Wohnungen, vier Kinder, zwei erwachsene Kinder, zwei Ehefrauen, ein Ehemann.

Die Sechs! Ihr drohte eine sechs und sie weinte. Wer weint denn mit vierzehn wegen einer ankommenden Sechs!? Der Vater legt mir das Schreiben vom Jugendamt vor. Seine süße, hübsche und verantwortungsvolle Tochter ging zur Polizei und sagte, dass sie Angst hätte, nach Hause zu kommen. Dort gibt es Prügelei, sie muss für alle anderen Kinder zuhause die Verantwortung übernehmen. Er schaut mich an. Sagt, er habe sie nie geschlagen, und ich sehe kein lügendes Gesicht. Die Schwester sagt – nein, sie wurde nie vom Vati geschlagen. Und ich kann ihr glauben. Und mir ist aber klar – jemand lügt. Wer?

Zum sich Raushalten ist es bei mir zu spät.

2.

Nach zwei Wochen unterrichtete ich die Schwester. Sie hatte vor Kurzem Geburtstag und ich sagte, sie ist schon groß. Dann fragte ich, ob sie sich schonmal verliebt hätte. Die Antwort war – sie darf nicht, sonst ist der Papa böse, wie bei der ein Jahr älteren Schwester.

Jetzt weiß ich, wer lügt und hoffe, im Kinderheim bekommt das Mädchen ein gutes Leben.

Inzest

(geschrieben im Jahr 2020)

Durch eine ein Wenig geöffnete Tür sah ich einen Kuss zwischen einem Mann und einer Frau. Es war kein Kuss zwischen einem Mann und einer Frau, im Sinne... es war ein Kuss zwischen einer Mutter und ihrem Sohn.

Ich ging weiter und... und erst im Bad konnte ich das Gesehene anfangen zu verarbeiten.

Gestern war alles noch gut und das Thema Inzest war irgendwo, weit weg von mir. Noch gestern grillten wir bei meiner Tante auf dem Rasen, wir feierten ihr Geburtstag: Meine Mutter, mein Vater, meine Schwester, eine Freundin von meiner Mutter und meiner Tante, ihr Sohn, mein Cousin und mein Onkel.

Es war so schön, so lustig und richtig gemütlich. Das Haus meiner Tante war groß genug, damit wir dort alle übernachten konnten.

Ich schaute in den Spiegel, doch mein Spiegelbild sah nicht besonders schlau aus. In Erinnerung waren jetzt auch seine Arme und Hände. Der Sohn fasste seine Mutter an, wie ein Mann seine Frau. Sie war nicht zugedeckt und mein Gehirn sagte mir, er habe sehr erotische Unterwäsche identifiziert.

Danach wurde es noch schlimmer. Ich fing an zu analysieren. Es war uns bekannt, dass sie, eine hübsche Dame, seit 10 Jähen keinen Mann hatte. Und jetzt diese Unterwäsche...

Meine ganze Schulzeit, alle gemeinsamen Ausflüge... Armes Kind. Arme ich. Was soll ich tun? Die Antwort kommt sofort: soll mich nichts angehen und ich würde so viel kaputt machen, wenn ich das thematisieren würde. Bestenfalls würde meine Mutter mich dafür auslachen und sagen, ich habe alles ausgedacht oder geschlafwandelt.

Und weiter? Und was ist mit "Liebe für alle"? Warum wird Inzest

nicht toleriert?

Ich ohrfeigte mich in voller Kraft. Auf dem Rückweg in mein Schlafzimmer drückte ich meine beiden Augen zu und ging durch. Ich habe mich für die Ruhe entschieden.

Ein Märchen über das Nettsein

(geschrieben im Jahr 2019)

In einer kleinen Stadt lebten zwei Schwestern. Beide waren nett und halfen gerne den anderen, weshalb sich immer mehr Stadtbürger zu ihrem Haus begaben.

Die eine Schwester half allen und konnte für fremde Menschen und Freunde auch das Letzte weggeben. Immer mehr wurde ihr nach und nach genommen, bis sie auf dem Weg nach Hause an Hunger starb.

Die Stadtbürger ließen je eine Träne fallen, doch zu ihrem Grab kam niemand mehr und sie wurde bald für immer vergessen.

Die andere Schwester half Menschen, wenn sie in Not waren und selber nicht vorankommen würden. Doch bald wollten Menschen, denen sie half, immer mehr Hilfe, auch wenn es keine große Not war, sie wollten ihre ganzen alltäglichen Aufgaben auf die Schwester verlegen.

Als auf solche Forderungen die Schwester ein klares NEIN gesagt hatte, wandten sich die ganzen Bürger gegen sie. Sie wurde auf immer und Ewig zu einem schlechten Menschen ernannt und ihr Leben wurde Tag für Tag von den Bürgern der Stadt zur Hölle gemacht... bis sie sich erhing.

Zu ihrem Grab kamen immer mehr Menschen, doch sie war Tod. Die Entschuldigungen und Tränen gingen nicht durch die Erde durch.

Das Mädchen und der Tod

(geschrieben im Jahr 2016)

1.

„Wie kannst du es einfach so hinnehmen?“, fragte ich meine Freundin einen Tag vor Weihnachten. „Sieh hin“, sagte mein Lenchen, „wenn du im Gefrierfach ein Hähnchen sieht, denkst du auch darüber viel nach, dass das früher ein Lebewesen war?“

Ich schüttelte den Kopf. Damals roch ich ganz genau den Tod, der neben ihr stand. Er flüsterte ihr, wie sie mit ihm Hand in Hand gehen wird, das ganze Leben lang, ganz normal. Es ist kein Fluch. Der Tod ist einfach nur ihr Liebhaber, er hat sich sie ausgesucht, als sie noch im Kinderbettchen lag. Jeder, der nur wagte, sie mehr zu lieben, als der Tod es gestattete, wurde zu ihm angezogen und verschmolz in ihm.

An diesem Tag war es ihre liebe Großmutter, die nach dem Tod des Großvaters sich bis zu dem Tode betrank. Der Hauskatze blieb nichts anderes übrig, als sich des Körpers nach einigen Tagen zu bedienen. Mein Lenchen kam mit dem Weihnachtskuchen und sah dieses gewöhnliche für sie Bild.

2.

Diese Frage, die ich am Anfang der Erzählung erwähnte, war wahrscheinlich die Grundlegende in Lenchens Leben. Sie kam genau nach dem sie aus der Wohnblocktür ging ruhig heraus trat und mir die Tatsache des Todes ihrer Großmutter mitteilte. Der Tod lächelte hinter ihr und freute sich über die Pflichtfreundschaft, die das Lenchen immer weiter nach sich zog.

Ich konnte es ihr nicht sagen. Ich war erstaunt und geschockt: wir gingen in Ruhe nach Hause, nach dem die Erwachsenen an ihren Stellen waren.

3.

Als Lenchen geboren wurde, hat sie ihre Mutter sehr geliebt. Es war das erste Mal, als der Tod in ihr Leben eintrat. Er stand an dem Kinderbettchen, in dem das Kind so wunderschön lächelte und beschloss, dass nur er sie lieben wird. Er wird der Lebensgefährte, der beste Freund, der Begleiter durch alle Wege. Er wird sie erziehen, er wird die ganze Welt zeigen und so zum Erfolg krönen.

Als die Mutter von dem Tod zu sich gezogen wurde, war mein Lenchen ein halbes Jahr alt. Der Vater kümmerte sich, wie er es konnte, lernte mit ihr Buchstaben und zeichnete das auf ein Tonband. Das wunderschöne Lächeln freute den Tod und als die Stiefmutter einmal launisch war, mein Lenchen draußen mit den Freunden spielte, gab der Tod der Frau das Messer in die Hand und befahl aufhören damit Kartoffeln zu schälen.

Später, als ich bei Lenchen übernachtete, fragte ich sie, was das für Fleck auf der Matratze ist. Ruhig, als ob ich sie über etwas tagtägliches fragte, antwortete sie: „Hier lag mein toter Vater.“. Ich sah das Bravo-Klatschen des Todes neben uns. Ich konnte es ihr nicht sagen. Ich kann es immer noch nicht. Ich dachte – Einbildung, was sonst.

4.

Als ich die Geschichte hörte, wie ihre Tante am See ertrank, wollte ich nicht mehr ihre Stellung dazu hören. Ich dachte immer, mein Lenchen sei traumatisiert. Aber es war sie nicht. Der Tod war ein gelungener Lehrer. Nichts brachte Lenchen aus der Ruhe.

Es blieben immerhin der Opa, die Oma, die Cousine und der liebe Onkel, die sich nun um meine Freundin kümmerten und ich bildete mir ein, diese Lehre vom Tod hat ein Ende.

Nach dem Tod vom Opa betrank sich bis zum Tode die geliebte Oma. Mit dieser Geschichte began ich meine Erzählung. Damals sah ich den Tod zum letzten Mal neben ihr. Ich gehörte nicht zur Familie. Deswegen, denke ich, hatte ich eine Chance, zu überleben.

Ich lernte viel von Lenchens Haltung, ihrer Erfahrung. Sie wurde immer stärker und durchsetungsfähiger. Ich konnte und kann den Tod nicht vertreiben, ich wusste nicht wie, und meine Freundin hat sich in ihrer Zwangsfreundschaft verwickelt.

5.

Ich freute mich für mein Lenchen und wollte in meine Heimatstadt fahren, um ihr zu gratulieren. Jedoch, anstatt zu fahren, musste ich auf ihrer Facebook-Seite eine Bitte um finanzielle Hilfe lesen. Der Tod ließ sie wieder das verlieren, was sie schon liebte, ihr Neugeborenes. Zwei Tage nach der Geburt.

Du, hinterlistiger Tod! Ich verfluche dich! Ich verfluche deine Lehre, hast du sie je gefragt, was sie möchte? Was ist das für eine Liebe? Was ist das für eine Lehre?

6.

Lenchens Kleidungsatellier hat immer mehr Kunden. Sie ist talentiert, ausdauerfähig und lässt sich von keinen Problemen einschüchtern. Sie ist die stärkste Frau, die ich kenne.

Ihr Mann ist zuckerkrank. Sie ist glücklich wieder schwanger.

Lieber , gnädiger Tod, sie hat schon genug gelernt, lass ihr ihr Leben und Leben ihrer Geliebten! Ich flehe dich an!

Gedichte

///Hinblick (15.05.2011)

Zeit. Schwing, Zeit, schwing!

Ich habe dich, Zeit, ich habe dich!

Mein Warten dauert nur Augenblick

Im Vergleich auf die Menge des Lichts.

Lernen. Bring, Lernen, bring!

Ich lerne dich, Warten, ich lehre mich!

Mein Warten dauert nur Augenblick

Im Vergleich auf die Menge des Lichts.

Geduld. Wink, Geduld, wink!

Ich habe Geduld, ich halte mich!

Mein Warten dauert nur Augenblick

Im Vergleich auf die Menge des Lichts.

Seele. Sing, Seele, sing!

Ich höre auf Seele, ich traue mich!

Mein Warten, die Jahre - nur Augenblick

Im Hinblick auf Glück, vielleicht…

///Stimmt es? (2011)

Warum bin ich naiv, und glaube an das Gute,

wenn lange nichts mehr Gutes für mich bleibt?

Warum glaub' ich an Wärme, ans Echte, an Gefühle,

wo schon der pure Egoismus ist mir kalt?

Warum glaub' ich an Liebe, wenn ich gezeigt bekomme,

dass nur zum Ausnutzen bin ich da?

Warum schätz' ich und gehe

Dahin, wo man mich foltert,

und freut sich auf mein Leiden lächelnd gar?

Warum lass ich an mir Experimente machen,

verachten mich und mich noch „Freund" nenn'?

Warum hab ich die Welt geteilt auf „vorher" und auf „nachher"?

War es das Wert? Man sollte es verbrennen.

Warum schmerzt meine Hand beim Löschen der Inhalte,

die lang schon ihre Gültigkeit versagt?

Wo ist der Druck? ich weine nicht mehr weiter

Schon lange, wundernd, schon seit letzten Mal.

Im unteren Bewusstsein, desjenigen lebt Freud',

man findet sich so hoch, so genial,

daran, dass man ein'm Mädchen, dass einem Ehre widmet

so ungewollt und doch gewollt die Seele nahm.

Mich wundert nichts mehr, weder Unverantwortung

Noch das nicht Dasein vom Gefühl des Scham.

Wenn dies nur eine Möglichkeit zur Rückkehr Selbstbewussteins……..

war,

so bist du, mein Geliebter, seelisch arm.

///Kamille (2011)

Du schöne Kamille, erzähl mir wer liebt mich,

wann sterb'ich? wann endet der Krieg?

Du schönes Aprilfeld, du duftest so herrlich,

obwohl , sag ich ehrlich, du bist mir so schrecklich,

weil neben mir tot

mein Freund liegt.

Der Kampf ist zu Ende, du herrliche Hölle,

gib mir ihn zurück, hab's verdient!

Doch er liegt erschossen, das rote Gras dunkelt,

der Feind hat somit mich besiegt.

Du schöne Kamille, wozu brauch ich Leben,

wenn mein letzter Freund's nicht hat?

Warum will nicht

ohne ihn gehen,

warum bist du, Leben, zu treuen Soldaten

so heftig und richtig hart?

/// Ein Lied für eine Band „Es brennen in der Hölle..“ (2017)

1. Es brennen in der Hölle

ein Deutscher und ein Pole.

Der Pole schreit zum Deutschen:

„Den Durst wohl sollen wir löschen!“

Der Deutsche nimmt ein Glas

und füllt es ganz mit Schnaps.

Soplica nimmt der Pole

und schreit: „Hey, du, zum Wohle!“

Refrain:

Zum Wohle in der Hölle,

Na zdowia, zum Wohle!

Na zdrowia, zum Wohle,

dem Deutschen und dem Polen!

2. Der Teufel in der Hölle

hört Deutschen und den Polen.

Und schreit „Was soll das werden?

Ihr habt Spaß, wie auf Erden!“

Der Deutsche nimmt ein Glas

und füllt es ganz mit Schnaps.

Soplica nimmt der Pole

und schreit: „Hey, du, zum Wohle“

Refrain.

3. Die ganzen schlimmen Sünder,

betranken sich in der Stunde.

Der Teufel trank auch mit,

auch wenn er nun sehr litt.

Die ganze Teufelshölle,

sang mit: „Zum Teufels Wohle“!

Refrain.

///An die HAVAG (2017)

Vom Weihnachtsmarkt bis nach Hause,

ich gehe… nein; ungewollt.

Es fiel etwas Schnee auf die Gleise,

der ganze Verkehr ist gestört.

Kein Meteorit, kein Erdbeben,

und auch kein Unfall in Halle.

Es ist, oh.. Überraschung!

Im Winter der Schnee – Anomalie.

///Passanten (2018)

Es gibt keine Namenlosen,
auch wenn du ertrinkst
in der Stadt und beginnst
den Gesichtern der Straßen Rosen
oder Dreck zu erteilen.
Du sinkst.

Du sinkst tief in der Nacht.
Du siehst nicht, wer dich fragt,
ob's dir gut geht...
und wieder die Rosen
für die netten Gesichter
und Dreck für die "Bösen".

Ich will mich von Diesem ablösen.
Es gibt keine Typischen,
keine Perfekten, keine Bösen...
und vor allem keine gewollten,
gesuchten....
Namenlosen.

///Sarajevo (2018)

Ich könnte die Augen schließen

und das Rote nicht sehen, und dann?

Dann würde ich darauf stehen

nicht fragend: "Weswegen? " und "Wann?".

Ich will keine Listen mehr lesen,

mit jeder der Seiten in Blut

zu baden.

So will ich vergessen

der Schönheit zuliebe mit Mut.

Jedoch, wie kann ich es wagen,

dir etwas zu sagen an sich?!

Ich kann dir nichts vorschlagen...

Nur mich.

/// Karl-Liebknecht-Ring 11 (2019)

Eine kleine Wiese.

Doch keine ist wie diese.

Auf dieser Wiese kochte

das pure Leben und wie ich es mochte!

Es ist keine wie diese Wiese,

es ist niemand hier umgekommen,

nur Adressen. Nur Beton. Nur Fenstergläser.

Der böse Magnet des Westens?

Ich würde die Schuld jedem geben,

dafür, dass mein junges Leben

nicht mal beerdigt wurde.

Entsorgt. Eine schöne Wiese.

Doch Beton ist mir heute schöner.

/// Die nicht Abgetriebenen (2019)

Wir, ungewollte Kinder,

plötziche Kinder,

Kinder aus schlechten Kondomen

und, natürlich, Femidomen...

Wir danken heute den Müttern,

den Vätern,

dem Spaß.

Durch euch... unser Leben, Erziehung...

ich weiß, dass ich etwas vergaß!

Danke...

Aha, jetzt...

Aber auch der Religion,

aber auch der fehlenden Rebellion,

aber auch den Nachbarn,

die etwas zu sagen ergattern

im Leben der Scheinheiligkeit.

so sind wir des Lebens bereit

und soeben leiblich befreit.

Wir, aus den Tränen entstandene Kinder.

/// **Zyprexa (2019)**

Ein hübsches Mädchen

sitzt und träumt ihre rosa Träume

in diesen Räumen,

in diesen Räumen aus Fett.

Und dieses Mädchen

mit diesem hübschen Lächeln,

spielt mit dem Spiegelbild

da draußen.

Und macht das fette Leib wild.

und schreit.

und morgen...

und morgen schweigt,

von Pralinen zugeworfen.

///Syrien (2019)

Deine dummen Flaggen,

verfickte Parolen,

geh zur Hölle!

Geh zur Hölle,

aber in die,

die du leugnest,

die du auslachst.

Ich will sehen, was du selber machst

wenn alles verfällt was du hast

innerhalb von Stunden, Sekunden.

Wie du, so tief gesunken

vom Boden frisst,

und du und deine Familie nicht wisst,

ist dein Bruder bereits vom Tode gefasst ,

oder noch schlimmer: er ist im Knast.

Du sagst - sie wollen dein Geld,

deine mikrige hässliche Welt?

Ich darf dich leider nicht schlagen,

auf den Boden zur Folter auch nicht fangen.

Und du wirst es nicht mitbekommen,

wenn früh am staubigen Morgen

nur das Beten bleibt,

wenn die ganze Stadt hilflos schreit.

Du wirst nicht mit 14 Jahren

alleine unter noch mehr Gefahren

den Weg in das "weniger Übel"

zu Fuß laufen

und wie in der Dschungel

wo Affen die Ärsche putzen

und ihre dreckigen Finger dann nur benutzen

um auf dich zu zeigen

und meinen

sich vor dir schützen zu müssen.

Es floßen heute die Tränen.

Du kannst dir verfickt nicht vorstellen,

was eine junge 19-jährige Seele

erlebt hat und ... kann es erzählen.

///Fake Verhalten (2019)

Ich drücke ein Auge mehrmals zu,

ich Laufe taub vorbei.

Erlaube mir nicht zu handeln und nun

verstecke mich in Heuchelei.

Nein, ich bin dir kein böser Mensch.

Dein Leid macht mir mein Herz sehr schwer.

Ich sehe nur heute zu, glaub mir, echt!

Ich tarne mich. Plane viel mehr.

Ich sehe und fühle, doch reicht es oft nicht,

dazwischen zu kommen sofort.

Ich hole dich raus, ich denke an dich.

Ich gebe dir mehr als mein Wort.

////Muss nichts beweisen (2020)

Eine ruhige Adlige,

ihre Venen voller Herzogtum,

vom Hochoffizier stämmige, heilige...

sie muss nichts beweisen, auch warum?

Sie wartet auf Gäste

und lädt sie ein.

Ihres Hauses hinter der Tür,

kannst du auch sein,

dort lebt ihre Tochter - Kultur.

Zu anderen Nachbarn findest du besser den Weg,

geh dorthin.

Geh dorthin, geh auch mit weg.

Und deine Worte sind ihr kein Schreck,

sie sind nur keine weisen,

denn Halle muss dir nichts beweisen.

///Betonblöcke (2020)

Es ist nicht nur die Mauer gefallen.

Es sind auch unsere Nester,

Kein Schild "hier lebte ......"

und ich,

Ich möchte es werden am Besten

damit wenigstens ein Block stehen bleibt,

damit jemand seine Gerüche, Gefühle, dort findet und...

und seine Kindheit.

///Zustand (2020)

Ich habe Angst,

verdammte scheiß Angst.

Angst, die sich anpasst.

Angst, die hasst -

mich hasst.

Ich will überall hin

und gleichzeitig zu sein in mir drin.

Es ist eine stille Panik.

Ich gehe unter. Es gibt keinen Reim.

///Verstand (2020)

Ich weiß es doch,

das kann nicht sein.

Es ist unmöglich.

Unwahrscheinlich.

Nicht wahr.

Ich weiß es doch,

nur fühle nur ich allein.

Es wäre ungewöhnlich,

unbeschreiblich.

Ich weiß es doch.

Es passt hier nichts zusammen.

Ich glaube nicht, es passt in keinen Rahmen.

Es kann nicht möglich sein, ich hätte es verstanden.

Ich weiß es doch! Ich weiß es noch.

Printed in Poland
by Amazon Fulfillment
Poland Sp. z o.o., Wrocław

38997200R00072